すっぽん心中

戌《いぬ》井《い》昭《あき》人《と》

新潮社

目次

すっぽん心中

すっぽん心中

目を覚ますと首が横を向いたまま動かなくなっている。近ごろは症状も良くなってきて、しばらく熱いシャワーを浴びれば改善されるようになったが、以前は一日中、横を向きっぱなしのこともあった。田野《たの》は酷いムチ打ちなのだった。いまでも三日おきに西日暮里の病院までリハビリに通って、マッサージや鍼《はり》治療も受けている。

首が横向きだと、対象物に向かって身体を横にして、顔だけそこを見なくてはならない。だから飯を食うのも難儀する。顔は対象物である食べ物を向いているが、身体は横向きのまま箸を運ばなくてはならなかった。小便をするときは、その逆で、便器に身体を向けて顔は壁を見ている状態で用をたさなくてはならなかった。しかし便器に狙いを定められず、小便が飛び出してしまうことが何度かあり、最近は大も小も関係なく便器に座るようにしていた。

　このようになってしまったのは二ヶ月前のことだった。軽トラックで漬け物のルート配送の仕事をしている田野は、信号待ちをしているときに後方からやってきた車に追突された。シートベルトはしていたけれど、首がもげて頭が外に飛び出てしまうような衝撃だった。

　他に怪我はなかったが、首は一〇センチくらい伸びてしまった感じがした。田野は軽トラックを道路の端に寄せて、車から降りた。この仕事は二二歳から五年間、無事故無違反でやってきたが、はじめての事故だった。

　追突してきた車は二シーターの赤いＢＭＷで、運転していたのは女だった。膨らんだエアーバッグに埋もれていた彼女は、大きなサングラスをかけながら車を降りてきた。怪我はまったくない様子だった。

　女は白い細身のスラックスを穿いていて、太もものラインがはっきりわかる長い足をしていた。物凄くスタイルが良くて、年齢は三〇歳くらいだろうか、若くして金を持っているマダム風だった。

田野が運転していた軽トラックの後部は、衝撃で冷蔵の観音扉が開いてしまい、アスファルトの地面にらっきょの漬け物が散らばっていた。女は水色のパンプスでらっきょを踏みつぶしながら田野のところにやってきた。ＢＭＷはバンパーのところに傷がついているだけだった。

「ごめんなさい。怪我はないですか」

女が言った。

「首が痛いです」

「救急車呼びます。警察も呼びます」

田野は首を押さえながら頷いた。

「ほんとうに、もうしわけありません」

深々と頭を下げた彼女の髪の毛からは、あきらかに自分とは生活環境が違う匂いがした。

女は動揺していたが、取り乱した感じはなく、どこか冷静だった。携帯電話で話をしている彼女の後ろ姿、白いスラックスの尻からは、パンティーのラインがくっきりと浮かび上がっていた。

「救急車呼びました。警察も来ます」

女は言った。救急車なんて呼ばないでいいから、この女になんとかしてもらいたいと田野は思った。女は、しきりに周囲を気にしている様子で、街路樹で身を隠すようにして、ふたたび電話をした。その声が聞こえてきた。

「事故っちゃった。うん、だいじょうぶなんだけどさ、うん、怪我はないよ。無事、無事、なんだか不死身だよ、あたし」

女の話し方は、さきほどとは違う軽い口調だった。「事故っちゃった、無事、不死身」なんて言っているが、こっちの身になってみろと思った。田野はガードレールにもたれ掛かって、携帯電話で話し続ける女の尻を眺めていた。大きすぎず、小さすぎず、いい形の尻だった。顔をうずめてみたいと思った。田野は、彼女の尻に自分の顔がうずまっていくのを想像していた。

近くの派出所から警官が自転車でやってきて、女はようやく電話を切った。警官は彼女と田野に事情を訊いてきた。田野は、信号を待っていたら突っ込まれたと答えた。彼女は、考え事をしていたら追突してしまったと答えた。

救急車がやってきて、症状を訊かれ、「首が伸びてしまったみたいです」と田野は言った。人生で初めての救急車だった。サイレンの音は車の中だと、街中で耳にするものとはまったく違って聞こえてきた。もっと遠くで鳴っているような感じがして、乗っている田野は、他人事みたいな気にもなっていた。

追突してきた女は、タレントモデルだった。若手実業家の嫁になり、最近ではセレブタレントとして芸能活動をしているらしい。このようなことがわかったのは、事故の三日後にマネージャーの男から電話が掛かってきたからだった。マネージャーは会って話がしたいと言って、渋谷の喫茶店を指定してきた。

首にコルセットを巻いた田野は、約束の五分前には席に着いて待っていた。事故から三日しか経っていないので、固定した首は、ほとんど動かせなかった。マネージャーは一〇分遅れてやって来た。席にやってくるなり、立ったまま、「このたびはほんとうにどうもすみませんでした」と深々頭をさげた。年齢は三十代半ばくらいだろうか、日焼けした胸元をさらけ出し、白いワイシャツに、黒いスーツを着ていた。女もやってくるかと思って期待していたが、マネージャーだけだった。

マネージャーは席に座ると、田野に名刺を渡し、すぐに本題に入った。さっき謝った姿はなんだったのかと思えるくらい、ちゃらちゃらした口調で、どこか高圧的だった。

「つまりね、彼女にも仕事と家庭、彼女の人生があるから」

マネージャーの話は、女にはテレビやコマーシャルの仕事があるので、今回のことは口外しないで欲しいということだった。

「芸能の世界ってのは、一般の人にはわからないかもしれませんが、普通の世界と違って、特殊なんですよ。イメージの問題がありますからね」

この男はなにをぬかしているのかと思ったが、田野は黙っていた。それにテレビはほとんど観なかったので、彼女がどのようなタレント活動をしているのかわからなかった。

マネージャーは「これは、まあお見舞金ということで、お渡しするものです」と言って、茶封筒をよこした。もちろん保険金なども出るが、それとは別にということらしい。

「彼女のタレント生命がかかっています。もしあなたが意図的に、それを潰すような行為をした場合、タダじゃすみませんからね。そこら辺よろしくお願いします」

これは脅しのようにも聞こえる。

田野は、彼女がやってきて、「すみません、ゆるしてください」と服を脱ぎ、身をゆだねるといったポルノまがいのことを想像してみた。そうすれば、金なんていらない。でも、あまりにも非現実的なので、想像が膨らむほど虚しくなった。茶封筒の中には一万円札が三枚入っていた。セレブタレントだかなんだか知らないが、タレント生命がかかっている割には三万円というのは、ずいぶん安く、セコいし、馬鹿にされている気がした。

リハビリに行く日の朝、目を覚すと、やはり首がまわらなかった。洗面所で横を向きながら歯を磨き、便器に座って小便をした。シャワーを浴びながら首を揉み、一〇分くらい湯を当てていると、なんとか動くようになってきた。

千代田線に乗って西日暮里の病院に向かう。最近はずっとこんな生活だった。仕事は首が完治するまで休んでいる。

病院は老人だらけだった。リハビリの治療室には湧き出すように、老人がやってくる。田野は、まず三〇分電気治療を受ける。ゼリー状のものが塗られたゴムの吸盤が首に当てられ、空気が抜かれてピッタリとへばりつくと、電気が流れてきて首が勝手にぴくぴく動き出す。同時に治療器から「雨にぬれても」が電子音で流れてくる。曲が数回繰り返されると、治療器が止まる。その後は、ストレッチャーに乗って首を伸ばし、最後にマッサージをしてもらう。

リハビリを受けたあとは、家に戻っても、することがないので、毎回、田野は上野まで歩くことにしていた。それからアメ横をぶらぶらして、昼飯を食べる。その後は、時間を潰すため興味もないのに美術館や博物館に行ったり、映画を観たりして、湯島から電車に乗って帰るのだった。

その日、田野は不忍池を眺めながら、ベンチに座ってクッキーを食べていた。クッキーは、リハビリで一緒になるおばあさんから貰ったものだった。彼女は田野が帰ろうとすると、「ちょっと待って待って」といつも呼び止めてきて、「持っていきなさい」と、なにかお菓子をくれる。お菓子は田野のために家で用意してきたもので、必ず透明のビニール袋に入っていて、羊羹や煎餅、カステラや大福のときもある。田野が「ありがとうございます」と言うと、「いいのよ、いいの、リハビリ頑張りなさいよ」とおばあさんは言う。お菓子をくれるようになったのは、数回会って、挨拶をかわすようになってからだった。しかし挨拶だけで、おばあさんとは世間話すらしたことはない。

不忍池では鴨が水面をスースー泳いでいた。空には飛行機雲ができていた。老夫婦が手をつないで池を眺めている。

田野は朝からなにも食べていなかったので、クッキー三枚では腹は満たされず、これからアメ横のガード下にある店へ、タンメンと餃子を食べにいこうと思った。膝に落ちたクッキーのカスを払って立ち上がろうとすると、鳩が一羽やって来て、カスをついばみはじめた。すぐさま大量の鳩が空から舞い降りてきて、カスに群がりはじめた。鳩たちはカスを食いつくすと、今度は物欲しそうに田野を見つめ、首を動かしながら近づいてきた。鳩は、まだまだ空から舞い降りてきていた。

「すごいことになってますね」

知らない女が話しかけてきた。ぱんぱんに膨らんだ大きなボストンバッグを肩にかけ、黒い薄手のセーターの上に茶色いコートを着て、赤くて短いスカートの中から、黒いストッキングを穿いた細い足が見えていた。

「餌あげてるんですか?」

「いや、餌、あげてるつもりはないんだけど」

女の顔は童顔で、愛嬌のある感じだった。

「でも、すごく集まってますよ。餌くれる人と思われてますね」

「クッキーのカス払ったら、どんどん集まってきちゃったんだよ」

「そうか」

「まいったな。こんなに集まってきちゃって」

「気持ち悪いね、鳩」

「うん」

「あたし、鳩、嫌い。お兄さんは好き？」

「おれも好きじゃない」

「ですよね」と言うと彼女は、突然、「こんにゃろう！」と怒鳴り、鳩を蹴散らしはじめた。田野は驚いた。池を見ていた老夫婦もふりかえってこっちを見ている。彼女はお構いなしに、ハイヒールの靴底を地面にコツコツと激しく響かせていた。

焦った鳩たちは、ばさばさ音を立てて飛び去っていった。

「ほら、追っ払った」

飛び去った鳩たちは不忍池の上空を、行き場を失ったように旋回していた。老夫婦は呆然と空をあおいでいた。

「お兄さん、鳩に餌とかあげとうなら、あたしになんか食べさせてよ」

「だから餌はあげてないよ」

「あたし飢えてるんだ。きのうから、ポテトチップス一袋しか食べてない」

彼女は微笑んだ。

「ポテトチップス一袋？」

「お金、なくなっちゃったの」

「どこ住んでるの？」

「いま住んでるところない」

「家出？」

「違うよ」

「じゃあ、なに？」

「男の家を追い出されたのよ。男に女ができて、追い出されたの。それで、きのう、おといって、漫画喫茶に泊まっとったけど、お金なくなってきて」

「困ったね」

「困っとるんよ。早いとこ仕事みつけんと、このままじゃ、上野公園で眠らなくちゃならないでしょ。西郷さんの足下で寝るとかいけんやろ」

「そうだね」

「お兄さん、いい店知らん？　働けるところ」

「どんな店？」

「水商売とかかな」

「だったら、キャバクラとかたくさんあるでしょ、仲町のところに」

「うん。そうなんやけど。お金がな。やっぱこうなったら、もうフーゾクでもいいかな」

「いや、フーゾクってのは、どうなんだ。だったら、とんかつ屋とかの方がいいんじゃないの？」

彼女は笑い出した。田野は冗談を言ったつもりはなく、道徳的なことを重んじたわけでもない。あっけらかんと「フーゾク」と言われたので、そのように答えたのだった。

「お兄さん、おかしかね。あたし、とんかつ食べたくなっちゃった」

「じゃあ、とんかつ、食べにいく」

「ごちそうしてくれるの？」

「ああ、いいよ」

「やった。うれしいな。ありがとう」

田野は彼女を連れて仲町通りを横切り、春日通りを渡った細い路地にある、とんかつ屋に入った。この店にはリハビリの帰りに何度か来たことがあった。古い民家のような建物で、中に入ると磨かれた木のカウンター席があって、職人さんがキャベツを切ったり、とんかつを揚げる姿が見える。

二人は奥にある座敷にあがった。靴を脱いでいると、彼女は大きなボストンバッグを畳の上にドスンと置いて、「美味しそうな、アブラのニオイがする」と言って座布団に座った。さっきから方言もまじっているみたいだが、ずいぶんおかしな物言いをする娘だと田野は思った。

割烹着を着たおばさんが、お茶とおしぼりを持ってきた。二人はロースかつ定食を頼んだ。

「きみは何歳なの？」

「二四歳です」

「二四歳って、おれと三つしか違わないの、もっと若く見えるけど」

「そうなんです。やっぱそう見えるか。本当は一九歳なんです。世の中、はたち超えてないと、いろいろ面倒でしょ。そうするとお兄さんは二七歳か、名前は？」

「田野、田野正平。きみは？」

「モモです」

「モモ？」

「うん」

「あだ名？」

「違う。漢字の百が二つでモモです。名字が百々《もも》」

「本名？」

「うん。本名」

「出身は？」

「九州、福岡」

「下の名前は？」

「下の名前はダサいから、訊かんで」

「モモモモ子とか？」

「それ、つまらん。モモでいいから」

彼女は一年前の、一八歳のときに福岡の実家を出て、三ノ輪のパチンコ屋で働きはじめた。半年間は南千住にある寮に住んでいたが、店に来ていた客の男と知り合って、彼のアパートに転がり込んだ。男は最初、不動産の仕事をしていると話し、羽振りがよさそうだったが、ふたを開けてみれば、無職で借金まみれだった。さらに男の借金の肩代わりをさせられそうになったので逃げた。次に浅草のキャバクラで働きはじめ、そこでタレント斡旋業の男と知り合った。タレント斡旋業といっても、ソープランドなどの風俗店に女性を派遣するのが男の仕事で、ただの女衒《ぜげん》だった。ひと月くらい彼の家に転がり込んでいると、男はドメスティックバイオレンスの気があり、彼女を吉原に売りとばそうとした。身ひとつで男から逃げ出して、キャバクラの同僚の家に転がり込んだ。次に出会ったのは、友達と日比谷のクラブに遊びにいってるときにナンパしてきた男で、とにかくお金を持っていた。詐欺をしていたらしいのだが、どんな詐欺をしていたのか、わからなかった。彼女は、キャバクラを辞めて月島にある彼のマンションに転がり込んだ。二ヶ月、仕事もせずに贅沢をさせてもらった。しかし先日、他の女ができたから出て行けと言われ、追い出された。

田野は彼女の男運の悪さに呆れていたが、彼女はやはりあっけらかんとしたものだった。

「まあ、本当は、あいつのカードを勝手に使って、ネットでやたら買い物しとったのがバレて、追い出されたんだけどね。買ったバッグとかアクセサリーとか全部置いていけって言うとよ。だから荷物、これだけ」

彼女は畳の上のボストンバッグを指さした。

「あいつは詐欺やっとるんよ。そんなんで儲けた金なんだから、ケチケチするなってての。

あいつ、そのうち捕まるよ」

　モモは東京に出てきてからの、たった一年を、ずいぶん濃密に過ごしていた。自分の話が終わると、田野さんは何をしてるのと訊かれた。田野は、漬け物の配送の仕事をしていて、最近交通事故にあい、仕事を休んで、今はリハビリ中だと話した。

「じゃあ、暇な人なんですね」

　あっさり言われてしまったが、その通りだった。モモの話を聞いた後に自分のことを話したら、やたらと薄っぺらな人生に思えた。

　ロースかつ定食が運ばれてきた。モモは「いただきます」と言って、田野に一礼をしてから食べはじめた。

「なんだぁこれ！　このとんかつ、柔らかくて、美味しい」

　キャベツを二回おかわりして、ごはんもおかわりした。冗談かと思っていたが、ポテトチップスしか食べてないのは本当のようで田野は自分のとんかつを二切れあげた。モモは「ありがとう」と言って、平らげた。食べている最中は、ほとんど会話もなかった。彼女は「おいしかった。ごちそうさまです」と手を合わせ、お茶を飲んでいたが、田野はまだ食べ終わってなかった。

「リハビリって大変なの？」

「たまに首が動かなくなるんだよ。それ治してんだよ」

「じゃあ、ご飯食べさせてもらったお礼に、あとでマッサージしてあげる。あたしマッサージ上手いの。前の男は、自分がマッサージして欲しいからって、学校通わされた。すぐやめちゃったけど」

とんかつ屋を出て二人は近辺をうろうろした。湯島の駅を通り越し、路地に入ると、長い石段があって、のぼってみると湯島天神の境内に出た。田野は彼女に一〇〇円玉を渡した。彼女は一〇〇円玉を賽銭箱に投げて手を合わせたが、お参りし終わると、「ここ学業の神様らしいけど、学業を放棄した人間には、ご利益あんのかな」と言った。

境内を歩いていると、モモは「あっ、これやってみたい」とプラスチックで囲われた透明な箱を指さした。中にはミニチュアの獅子舞がいて「おみくじ」と書いてある札があった。

田野は一〇〇円玉二枚を渡した。彼女が金を入れると、箱から、かすれたような祭り囃子が流れはじめ、獅子舞がカクカク動きだした。

「ちょっと、ししまーい、これ、動きが、変」

彼女はお腹を抱えて笑いだした。田野には、なにがそんなにおかしいのかわからなかった。祭り囃子が止まると獅子舞は、ミニチュアの鳥居の向こうから丸まったおみくじをくわえてきて、手前にある穴の中に落とした。モモが出てきたおみくじを取り出し、ひらくと大吉だった。しかし彼女は、「あたしが、大吉ってのもね。やっぱ信用できんよ、おみくじ」と、くしゃくしゃにしてコートのポケットに突っ込んだ。

湯島天神を出ると、モモは「あー重い。重いなあ」と、左の肩から、右の肩にボストンバッグを持ち替えた。田野が「持ってあげようか」と言うと、「リハビリに持たせられんやろ」と言った。

二人は湯島の坂の上を歩いていた。

「それよりマッサージしてあげたいんだけど、どこか良い場所ないかな」

坂の途中にラブホテルが見えた。モモの目線は、そこを見ていた。

「入ろうか」

田野が言うと、モモは笑顔でうなずいた。もしかしたら、美人局《つつもたせ》で男がやってくるかもしれないと心配してみたが、これまでのことを考えてみれば手が込みすぎていて、そんなことはないように思えた。それに今の笑顔に嘘なんてないと田野は感じた。

フロントにある部屋選びのパネルを見ると、ほぼ満室だった。こんな昼間から、どのような人が使用しているのだろうか。以前友達が上野でホテトル嬢を呼んだら、夕飯の買い物帰りのおばさんみたいな人がやって来たという話を思い出した。彼女のバッグには実際に長ネギが飛び出していたらしい。

「どの部屋がいいかな」

モモが言うので、田野は「どこでもいい」と答えた。

「なら、これだな」とモモはパネルのボタンを押した。

窓口で鍵を渡され、エレベーターで三階に上がった。部屋の天井はブルーライトで照らされていて、ゴミみたいに蛍光シールの星が光っていた。壁にはペガサスの絵があって、その下に大きなテレビが置いてある。タバコ臭かった。

「うつぶせになって」

モモが言った。田野はベッドで横になった。

彼女は田野の首に手をあてた。一時間くらいだろうか、首を集中的に、その後、全身を揉んでくれた。田野はうとうとしていた。モモは自分で言っていた通り、マッサージが上手だった。

「そろそろ終わるよ」

田野の背中をモモが叩いた。田野は振り向いて「ありがとう」と言った。

「どういたしまして」

モモの額は汗ばんでいた。「あのね、実は、あたし三日間お風呂に入っとらんけん、入ってくるね」と言った。

田野がうつぶせのままでいると、風呂場から鼻歌が聞こえた。しばらくすると田野は眠っていた。どのくらい眠ったのか、気づくとモモは横で寝ていた。ガウンを着て背中を向けていた。タオル地のガウンから尻が盛り上がっていた。テレビはつきっぱなしで、時計を見ると夕方になっていた。

便所に行こうと立ち上がると、首が横向きになって動かなくなっていた。せっかくマッサージをしてもらったのに、うつぶせのまま眠ってしまったのがいけなかったのかもしれない。

便所から戻って、ベッドにあぐらをかき、横向きでテレビを見ていた。芸能ニュースのコーナーがはじまり、見覚えのある女性が映った。それは二ヶ月前、田野の軽トラックに追突してきたセレブタレントだった。彼女は新作ヨーグルトのキャンペーンガールをやっているらしく、インタビューに答えていた。

「わたしは毎朝、ヨーグルトを食べてます」

そう言って、ニッコリ微笑んだ。

「それが美容の秘訣でしょうか?」とレポーターが訊く。

「そうですね。ヨーグルトですね」

「いつ見てもお肌キレイですもんね」

「ヨーグルトのおかげですよ」

ふたたび明るい微笑。女の着ていた白いワンピースは、胸の部分がぱっくり開いて、ヨーグルトのおかげである白い肌があらわになっていた。

田野は事故を起こされたとき、彼女が電話をしていた後ろ姿やパンティーのラインがくっきり浮かんでいた尻を思い出した。そして横で寝ているモモの尻に手を伸ばし、ゆっくり揉みはじめた。モモは目を覚まして、振り向き、寝ぼけ眼で、「あらら」と言った。

田野は揉んでいた手を止めた。「あらら?」モモは微笑んで、うつぶせになり、自分で尻を突き出してくれた。田野はまた尻を揉みはじめた。彼女の尻は、若いからハリがあった。今揉んでるこの尻は、あの女よりも数段素晴しい気がしてきた。モモはだんだん身をよじらせた。背中が蛇のようにうねりだす。田野はガウンの中に手を忍ばせた。モモはパンティーを穿いてなかった。すべすべの尻を丹念に撫でまわす。そして肝心な部分を触ると、濡れてきた。田野は勃起していたが、首は横を向いたままだった。彼女はキスを求めてきた。田野は横向きのままキスをした。座ったまま、うつぶせになった彼女の尻を触っていたので、首は曲がっていたが、キスするのは難しくなかった。しばらく身体をまさぐり、ペニスを尻になすり付けながら、ベッドの上にあるコンドームに手を伸ばした。首は横向きだったので、コンドームをつけるのに難儀した。モモは田野の顔と体の向きが変てこなことに、気づいてはいないようだった。

最初は正常位だったが、首が曲がったままだったので、まるで彼女の顔をさけながら、行為をしているようで、もうしわけなくなり、後背位に体位を変え、田野はテレビを見ながら腰を動かした。アフリカのどこかの国で紛争がはじまったというニュースが流れていた。そして田野は果てていった。

しばらく二人でベッドに寝転がっていた。田野は仰向けの状態で、顔だけ横向きだった。

「お腹すいたな」

モモが言った。

「どこか食べにいく？」

「でも、ここ出たら、あたし、今晩、行くとこない」

「泊まっちゃおうか？　ここ出前頼めるみたいだけど、ピザでも頼む？」

「うん」

田野はフロントに電話をして、泊まることを伝え、ピザを頼んだ。受話器を置くとモモが不思議そうな顔をして田野を見ていた。

「あれ？　首、なんか変だけど」

「動かない」

「また揉もうか？」

「いや、とりあえずシャワー浴びてくるよ」

田野は風呂場に入って、首にシャワーの湯を当てながら自分で揉んだ。部屋に戻ると、彼女はベッドに座ってテレビを眺めていた。

「だいじょうぶ？」

「ほら、動くようになった」

田野は首をゆっくり、まわして見せた。

「でも、ちょっと揉んであげるよ」

田野はベッドのへりに座った。モモは背後から田野の首を揉みだした。気持ちよかった。毎晩こんな風にしてくれる人がいたら、もっと早く治るような気がした。

部屋の呼び出しベルが鳴って、出前で頼んだピザが来た。田野は冷蔵庫からビールを出して飲み、モモはコーラを飲んだ。二人はテレビを見ながら、ベッドの上でピザを食べた。

「田野さんは、いつから、仕事に戻るの？」

「来月くらい。それまでに首、治ってくれりゃいいんだけど」

「あたしも、どうしようかな」

「ほんとうは、なんかやりたい仕事とかあるの？」

「ないんだよね。それよりも、なんで人間はお金を稼がなくちゃならんのかな」

セレブタレントだかイメージの商売だか知らないが、「朝はいつもヨーグルトです」と言って笑ってるだけで、お金をもらえる人がいるのに、自分やモモはなんなのだろうかと、田野は思った。

流れっぱなしのテレビはグルメ番組をやっていて、レポーターがすっぽん料理の店を紹介していた。そこは浅草寺裏の千束にある店だった。すっぽん料理のコースは、まず血をリンゴジュースで割ったものが出され、金色の丸い卵が出て、唐揚げ、そして鍋になった。レポーターの女性がすっぽんをほおばりながら、「コラーゲン凄いです。食べながらも、お肌が、ぴっちぴっちになってくるような気がします」と言っていた。鍋の中は、黄金色の透明なスープが煮立っていて、表面では、焦げ目がついた丸太状のネギが浮かび、グツグツ踊っていた。

「田野さん、すっぽん食べたことある？」

「ないよ」

レポーターの女性が、「もちろん、〆めはこれですよね」と言って、残った汁にご飯を入れ、溶き卵を落とした雑炊を、おたまですくった。

「美味しそう」

ため息まじりにモモがつぶやく。レポーターの女性は、「では、このすっぽん料理のお値段、おいくらだと思いますか？」と言った。

「五〇〇〇円」

すかさずモモが答えた。

「一万はするんじゃないの」

田野が言った。すっぽんコースのお値段は一万八〇〇〇円だった。

モモが「そうだ！」と大きな声を出した。

「あたし子供のころ、土浦に住んでいたことがあるの」

「茨城の土浦？」

「うん。霞ヶ浦があってね、小学校の三年生のときなんやけど、親が離婚した直後、あたし土浦のおばさんの家に預けられとったと。それで思い出した、霞ヶ浦に、すっぽんがいたよ！」

モモがなにをそんなに興奮しているのか、田野にはわからなかった。

「だから、なんなの？」

「すっぽんいるよ。霞ヶ浦。すっぽん。一万八〇〇〇円だよ。二〇匹捕まえたら、いくらよ？　四〇万円くらいになるでしょ」

「でもそれは、料理したすっぽんのコースが一万八〇〇〇円だろ」

「でもさでもさ、だったら五〇〇〇円くらいで売れるんじゃないかな」

「いやあ、どうだろう」

「じゃあ三〇〇〇円くらい？」

「わかんねけど」

「わかんなくないよ。それでも二〇匹捕まえたら、六万円だよ」

「まあ、そうだけど」

「捕りに行きましょう」

「すっぽん？」

「霞ヶ浦、行こうよ明日」

「明日？」

「だって田野さん、暇でしょ。六万よ。五〇匹捕まえたら、一五万ですよ」

そんなにうまく行くはずがないだろう。でも明日の朝になって、あっけなくモモと別れるのも、なんだか寂しい気もした。田野は「行ってみようか」と言った。

「じゃあ明日は早起きだ。六時くらいに起きるよ。あたしは明日に備えて、映画でも観るかな」

彼女は、ケーブルテレビで魔女が抗争をする映画を見はじめた。どのように備えているのかわからなかったが、田野は途中で眠ってしまった。

アラームが鳴って田野は目を覚ました。モモはまだ眠っていた。田野の首は横を向いたままになっていた。風呂場へシャワーを浴びにいった。床にしゃがんで曲がらなくなった首に手をあてて揉んでいた。一〇分くらいして、ようやく首が動き出すとモモが裸で入ってきた。

「おはよう。ねえ、シャワーいい?」

モモはシャワーを浴びはじめた。田野はスケベ椅子に腰を下ろし、ちょうど目の高さの彼女の尻と、したたる水滴を見ていた。それから手を伸ばし、揉みはじめた。しばらくそうしていると、手をつかまれた。「終わり。すっぽん捕まえて、食べて、精力つけてから」とモモが言った。

ホテルを出て上野駅まで歩いた。仲町通りを抜けていくと、頭上にはたくさんのカラスが飛んでいた。酔っぱらった黒服のホストがゴミ箱を蹴り飛ばしていた。よれよれのスーツ姿で正体のなくなったようなおっさんが、二人の中国人ホステスに肩を組まれて歩いていた。田野とモモがコンビニエンスストアに寄って、おにぎりとお茶を買っていると、スーツのおっさんも入ってきて、中国人ホステスにはさまれ、キャッシュディスペンサーの前に立たされていた。

七時前だったが、駅構内はすでに混んでいた。モモはボストンバッグをコインロッカーに預けた。時刻表を見ると、七時三分発の常磐線があった。田野が切符を買って、二人はホームのベンチに座って、おにぎりを食べながら電車が来るのを待った。

「帰ってくるときは、お金持ちだ。切符代とか、ご飯のお金とか、すっぽんが売れたら返すから」

「そんなのは別にいいけどさ、どこに売るのすっぽん？」

「昨日テレビでやりよった店に行かん？　あたし浅草で働いてたから、あの店、だいたいどの辺かわかるよ」

二人は電車に乗り込んでボックスシートに座った。電車は動き出した。

「すっぽん売って、そのお金で、すっぽん食べて、それで、どこか泊まって、これを繰り返せば、働かなくていいね」

「繰り返していたら、それが仕事になるよ」

「あっそうか」

モモがかつて住んでいた南千住の駅を通過して、常磐線は、亀有、金町、松戸、我孫子、天王台、取手、牛久、と駅名では、どんな場所だかわからないような、なんだか哀愁の漂うところを通り過ぎ、一時間ぐらいで土浦駅に着いた。

駅は西口にショッピングモールがあって、東口を出ると県道があり、しばらく歩くと霞ヶ浦がひろがる。駅は、通勤、通学の時間帯で人が多かった。

二人は、ひとまずショッピングモールにある喫茶店に入った。田野はコーヒーを、モモはココアを頼んだ。

「おばさんの家はどこら辺なの？」

田野が訊くと、

「おばさんは、もうおらんよ」

「引っ越したの？」

「死んだの。おばさん、この街でスナックをやりよっちゃけど、客同士が喧嘩をして、片方の客が灯油をぶちまけて、お店に火を放ったとよ。それに巻き込まれちゃったのよ。新聞とかにもたくさん出たから、ここら辺の人は、みんな、その事件知っとうよ」

「どのくらい前？」

「五年前。あたしが福岡に戻ってから、おばさんはスナックはじめたんだけど、したら、すぐにそんな事件が起きたとよ。お店開店して三日目くらいだった。開店祝いの花輪も燃えちゃって」

「なんか、凄まじい事件だな」

「そうなんよ。おばさんは、お母さんの妹で、最初の旦那が水戸の人でね、そこに移り住んだのよ、したら離婚して、次に知り合った男と土浦に来たとよ。この男がまたろくでなしで、覚醒剤中毒で捕まって、その後、あたしが世話になったんだけど。とにかく、お母さんも離婚してるし、あたしの男運の悪さは、これ、母方の血なのかもしれんね」

　それにしても次から次に、モモの口からはずいぶんとハードでヘビーな話が出てくるのだが、あいかわらず、あっけらかんと、このようなことを喋る。田野は「でも、まだ一九歳でしょ、まだまだ、わかんないよ」と言ったものの、自分ごとき首のまわらなくなった男が忠告できる立場ではないと思った。

「そうかな。あたし半ば諦めとうもん。男ってのは、ろくでなしばっかやろ？」

「まあ、そうだよな」

「でも田野さんは違うよ。たぶん違うと思うとよ」

「いや、おれも、そっちの部類だよ」と田野は言ってみたが、モモの口から出てくる男たちと比べれば、自分はマシな方に思えた。

モモはココアを飲み干して、「さて、そろそろすっぽん探しに行きますか」と言った。

「でもさ、すっぽんて、どうやって捕まえるの？　嚙まれたら、指ちぎれるまで離してくれないんでしょ」

「だいじょうぶよ、そこは考えとうから。大きなバッグ買って、それで、パカっとかぶせて、くるっと反対にすんのよ」

「そんな簡単なもんなの？　そもそも、すっぽんいるのかな」

「いまから、そんな弱気じゃ駄目だよ」

田野とモモは、店を出て霞ヶ浦に向かった。駅の東口を抜けて、県道に出ると砂利を積んだダンプカーが走っていた。一〇分ほど歩くと土浦港に出て、船着き場があるコンクリートの堤防が見えてきた。後ろを振り返ると山が見える。あれは筑波山だとモモが教えてくれた。

港の堤防には、人がずらっと並んでいて、釣り糸を垂らしていた。船着き場には大きな観光遊覧船が停泊していて、乗り場の小屋の屋根には「ジェットホイルつくば」「船長の名物生ガイド」と看板が掲げてあった。観光船のわきには、どういうわけかメルセデスベンツのマークがある。

「あれ、乗ってみたいな」

モモは言ったが、乗り場の切符売場の窓口には人がいなかった。モモは、釣りをしている黄色い野球帽をかぶった爺さんに近づいていき、「あの船は、いつ動くんですか？」と訊いた。おっさんは、「今日、平日だろ、お客さん、いねえから、動かねぇよ」と答えた。

「乗りたかったな」

「休日だとよぉ、ほら小屋の屋根にでかいスピーカーがあるだろ、あそこから呼び込みの放送が大きな音で流れてよ、うるせぇんだ。ドイツ、メルセデス社がどうのこうの、予科練がどうのこうのって、ずっとテープが流れてるのよ」

「メルセデスって、船にマークありますよね」と田野が言った。

「あの船、エンジンをメルセデスから取り寄せたんだってさ、ドイツの」

船にはメルセデスの高級感といったものはまるでないし、よく見ればマークは手描きみたいで、ところどころ錆ついていた。

「予科練ってのは？」田野が訊いた。

「予科練は、予科練だよ。予科練があったんだよ、あっちの方に。ほら、見えんだろ建物が。今は自衛隊になってっけどよ。予科練だったんだよ、あそこは」

「ヨカレンてなに」

モモが言った。

「あんた予科練知らねえの？」

「はい。ヨカレン？」

「予科練てのはよ、戦争中、あそこで、海軍の兵隊さんが飛行機の訓練して、特攻隊になったんだよ」

「特攻隊は知ってるよ」

「そうだよ。あそこで練習して、特攻隊になって、鹿児島の方行って飛んで行ったんだよ。いまむこうに記念館があってよ、特攻する前の兵隊さんの手紙とかあるから、行って、勉強して、泣いて、お祈りしてこいって」

爺さんは煙草に火をつけた。よく喋る人だったが、まだ喋り足りないらしく、こっちをちらちら見て、なにか訊いてくれといった感じでいる。「おじさんは、なにを釣ってんですか？」とモモが訊いた。

「ワカサギだよ。向こうの方の奴らは、ブラックバスだよ。でも最近、アメリカのナマズが増えてよ、それが、ぜーんぶ食っちまうんだよ。そのうち、ゼーンめつだ。霞ヶ浦、ナマズだらけだ。でもってよ、アメリカのナマズは、食うモノがなくなったら、今度は仲間同士で食い合うらしいぞ。したら、ナマズもゼーンめつだ」

「霞ヶ浦、生き物、いなくなっちゃうじゃないですか」

「そうだ。ゼーンめつだよ。ほら、あっちの方に船出てんだろ、あれはな砂利船よ。底の砂利を取ってんだ。そんで、ほら、あっちの方に、砂利の山があるだろ、あれがコンクリになるんだ。だからニッポンの建物の、ほとんどが霞ヶ浦の砂利からできてんだぞ」

とにかくよく喋る爺さんだった。田野はそろそろ立ち去りたかったが、爺さんは止まらない。

「だからな、あの山が低いときは、ニッポンの景気が良くてよ、あの山がでっかくなると、ニッポンの景気が悪いってことなんだ。んでもって、今は、見てみろ、山が高いから景気が悪いんだ。いずれあの山も筑波山くらい高くなっちまってよ。ゼーンめつだ。ニッポン、ゼーンめつだ」

爺さんは得意げな顔をして、煙草の煙を吐きだした。

「でもよ、コンクリが駄目になってもよ、霞ヶ浦はレンコンの産地だからな、レンコンがある限りだいじょうぶだ。あっちの方なんて、すげえぞ、家はみんなレンコン御殿だぞ、屋根の瓦なんてぴっかぴかでよ。宮大工じゃなきゃ作れねえような家ばかりだ」

モモは爺さんの話をさえぎるように、「あの、レンコンはわかったんですけど、ここら辺で、すっぽんは捕れますかね？」と訊いた。

「へ？　すっぽん？　すっぽんは、たまに釣れることもあっけど、あんま見かけねえな。すっぽんだったら、ここよりも向こうの桜川の方なら、いるかもしんねえけど。なんだい、あんたらすっぽん捕りたいの？」

「はいそうなんです」

「はい、そうなんです、って言ってもよ、そう簡単に捕れるもんじゃねえぞ」

爺さんは煙草を地面で揉み消し、「すっぽんか、すっぽんなぁ」とつぶやいている。このままだと、まだ話に付き合わされそうなので、田野は「ありがとうございます」と言って、その場を後にした。

「絶対におるよ、すっぽん、川の方、行ってみよう」

モモは息巻いて歩いていた。県道をノーヘルメットで二人乗りしたスクーターが、ビリビリとマフラーから大きな音を立てて走っていった。それを見て、田野はずいぶん田舎に来てしまったと思った。橋が見えてきて、左側に、ふたたび霞ヶ浦がひろがった。

橋の上にさしかかると、モモは「わかった！」と大きな声を出し、向こうの方に見える青い鉄橋を指さした。

「あの鉄橋のあたりだ。子供のころ、あそこですっぽん見たんよ！」

モモは走り出し、信号機も横断歩道もない県道を横切ろうとした。鉄橋の上は電車が走っていた。田野もモモに続いて県道を渡りはじめたが、やってきたダンプカーに大きなクラクションを鳴らされ、「馬鹿野郎、死にてえのか！」と怒鳴られた。

青い鉄橋の下は、橋ゲタの下のコンクリートの土台が水面にむきだしになっていた。川は浅かった。周辺の土手には短い雑草が生えていて、ところどころ黄色い花が咲いていた。

川沿いの土手を歩きながら、「そうそう、おばちゃんと住んでいたアパートも、ここの近くだったよ」とモモが言った。向こうの方から釣り竿を持ったおっさんが歩いてきた。土浦には田野と同じような暇人がたくさんいるのか、平日の昼間なのに釣り人がやたらいるのだった。

「あのあの、おじさん」

「へ？」

「すっぽん。ここら辺ですっぽん捕れませんか？」

モモはおっさんに話しかけた。

「すっぽん？」

突然話しかけられたおっさんは素っ頓狂な声を出したが、「すっぽん。すっぽんならさっき、あそこにいたよ」と鉄橋の下のコンクリの土台を指さし、「そのうち、また出てくるんじゃねえか」とおっさんは言って下流の方に歩いて行った。

「ほら、やっぱすっぽんいるよ」モモが言った。

「出てくるかね」田野が言った。

「出てくる。絶対出てくるって、出てくるまで待つ」

「日が暮れちゃうかもよ」

「したら田野さん、ちょっと散歩してきていいよ、あたしここで見張ってるから、捕まえたら入れるものないから、バッグとか袋を買ってきてくれる？」

散歩といっても、この街に、なにがあるのかよくわからなかった。田野はとりあえず駅に向かった。そこですっぽんを入れる袋を探すことにした。しかし、すっぽんなんて、どうせ捕まえられないだろうと田野は思っていた。ただモモにつきあっているだけの気分だった。

田野は、半年前に二年間付き合っていた彼女と別れた。彼女は電気会社の派遣社員で事務職をやっていた。最初はいろんなところに遊びに行ったが、そのうちデートは近所の中華料理屋で飯を食って、田野のアパートに戻って寝るだけになった。将来の夢やたいした趣味もなかった田野に対して彼女は、だんだん不満を言い出した。「わたしとのこと真剣に考えてるの」「将来、どうするつもり?」「このまま、同じ仕事を続けるつもり?」。田野は変化なんて求めてなかった。ただ目の前に起きたことをやり過していくのが人生だと思っていた。

しかし昨日、モモと会って、自分が少し変化している感じがした。ワイルドサイドばかり歩いているようなモモの話を聞いて、自分の人生は世界の端っこのものすごくつまらないところにあるように感じていた。

駅のショッピングモールは朝に来たときとはまったく違う様子だった。違う場所かと思えるくらい人がいなかった。田野は駅前のデパートに入って、雑貨屋を見つけ、白いトートバッグを一〇〇〇円で買った。可愛らしい猫のキャラクターの絵があるものだった。それから地下の食品売り場で、幕の内弁当二つとお茶を買って川に戻った。

モモは雑草を片手でむしりながらさっきと同じ場所に座っていた。田野が戻ってきたのに気づくと、ゆっくり振り返って「おかえりなさい」と言った。すっぽんは現れていなかった。田野は買ってきた幕の内弁当を渡した。二人は土手に座って、川を眺めながら弁当を食べた。

上空からヘリコプターの音が聞こえてきて、見上げるとけっこう低空を飛んでいた。ヘリコプターは予科練のあった自衛隊の方へ飛んで行った。

弁当を食い終わっても、すっぽんは現れなかった。二人は、たわいもないことを喋ったりしながら、じっと待った。

モモが田野の首を揉んでくれた。田野はゆっくり目を閉じた。霞ヶ浦のどん詰まりの、生ぬるい空気が吹きだまったようなこの街で、自分たちが置いてきぼりになっている気分になっていった。さっきダンプカーの運転手に「死にてえのか」と怒鳴られたことを思いだした。死にたくはなかった。でも死んでしまっているような気もした。首を揉んでくれているモモの手だけが、生きているようだった。

向こうの土手を数人の子供が自転車で走っていた。

「あっ！　あららら！」

モモが叫んだ。目を開けると、鉄橋の下のコンクリートの土台に、同じような色のすっぽんがいた。すっぽんは首を伸ばし、空をあおぐようなポーズをとっていた。遠目ではあったが、大きなスッポンで、二〇センチくらいはありそうだった。

モモは靴を脱いで、ストッキングのまま浅い川の中をジャボジャボ入って行った。

「ふくろ、ふくろ！　田野さん、すっぽん入れるふくろ！」

田野も靴を脱いだが、モモに急かされ、靴下を穿いたまま川の中に入って行った。

モモはすっぽんの後ろにまわり、両手を伸ばして捕まえ、素早く持ち上げたが、「わー、どうしよう、どうしよう。持てん、気持ち悪い」と手を離しそうになり、すっぽんも驚いて、激しく首を動かしている。

「田野さん、すっぽん気持ち悪い、持って持って」

モモは田野にすっぽんを差し出した。それを受け取ろうと、手を伸ばした瞬間、すっぽんに指を嚙みつかれた。

「ぐわっ！」

田野は叫んだ。すぐに手を引いたが、指の先にはすっぽんがぶら下がっている。

「痛たたたた」

すっぽんは嚙んだら指を食いちぎるまで離さないということが頭をよぎる。この街で死んでしまっているような気分、などという悠長な気分は一気に飛び散って、さっきまでの生ぬるい空気が凍りついた。

モモはすかさず大きな石を拾って、田野の指にぶら下がるすっぽんの尻を持ち上げ、鉄橋の柱に押さえつけて、石ですっぽんの背中を叩きつづけた。すっぽんは田野の指に嚙み付いていたが、甲羅が割れて内臓だかなんだかわからないものが飛び出てきて、嚙んでいた指を離して下に落ちた。すっぽんはまだ動いていたが、モモはさっと拾い上げ、田野の買ってきたトートバッグの中に入れた。

田野の指からは血がぽたぽた垂れていて、川に流れていった。

すっぽんの生命力は凄まじく、トートバッグの中でまだ動いていた。するとモモはトートバッグの取っ手を両手で持ち、野球のバットをスウィングするように、鉄橋の柱に何度も叩きつけた。「くしゃっ、くしゃっ、くしゃっ」、鈍い音がトートバッグの中から聞こえてくる。モモは凶暴性が一気に沸点に達したみたいな目をしていた。

ようやく動きを止めたモモは、肩を落とし、息を荒くしながら田野を見た。トートバッグの中で、すっぽんはもう動かなくなっていた。

「指、もげとらんよね？」

田野は血の出ている指を見せ、「もげてない」と言った。

「うわっ、でも血が」

そう言いながら、モモの手にした白いトートバッグも、すっぽんの血が滲んでいた。キャラクターの猫も真っ赤に染まっていた。川面に白くて丸いかたまりが浮かんでいるのが見え、二人の間を流れていった。腐ったレンコンだった。

土浦駅に向かう途中、ドラッグストアに寄って、消毒液と絆創膏と包帯を買った。モモは大きなビニール袋も貰った。電車に乗るのに血の滲んだトートバッグは、さすがにまずいと、ビニール袋の中にトートバッグを入れた。

近くのコンビニの駐車場で、田野は傷口に消毒液を吹きかけ、絆創膏を貼り、その上から包帯をきつく巻いた。濡れた靴下を脱いで、コンビニのゴミ箱に捨て、裸足で靴を履いた。モモのストッキングも濡れていたが、「すぐ乾くから」と、そのまま穿いていた。

駅の時刻表を見ると上野行きの電車は一〇分後にやってくる。二人はホームのベンチに座って電車を待った。

「指、だいじょうぶ？」

「もげてないから、だいじょうぶ」

包帯をきつく巻きすぎたのか、田野の指は、血管がどくどくと脈打っていた。

「すっぽん、どうなっちゃってる？」

田野はモモの持っているビニール袋を包帯の指でさした。

「見るの気持ち悪いよ」

「売れるかな。ぐちゃぐちゃでしょ」

「だいじょぶ。鍋にするときは、どうせ潰すでしょ」

「昨日見たテレビではさ、すっぽんの血をリンゴジュースで割ってたろ」

「トートバッグ搾《しぼ》れば、血、出るでしょ」

電車に乗ると、モモは田野の肩に寄りかかってきて、すぐに眠ってしまい、すっぽんの入ったビニール袋を床に落とした。田野が拾ってビニール袋の中をのぞくと、白いトートバッグは真っ赤になっていた。暖房のよく効いた車内で、死んでしまったすっぽんのことを考えていた。そして、なんだか自分達が心中に失敗して帰路についているような気分になった。すっぽんの入ったビニール袋を膝の下に置き、柏を過ぎたあたりで眠ってしまった。目を覚すと電車は江戸川の橋を渡っていて、陽はとっぷり暮れていた。

二人は南千住で電車を降りた。モモは「南千住は嫌な思い出ばかりだ」と言って早足で歩いた。日本堤を抜け、吉原を横目に、千束通りに出た。田野はモモが「フーゾクで働こうかな」と言っていたのを思い出した。

テレビに出ていた浅草寺裏のすっぽん屋はすぐに見つかった。モモは近くの焼肉屋に何度か来たことがあって、だいたいの場所は見当をつけていた。まだ準備中の札がさがっていて、暖簾《のれん》もかかっていなかったが、モモは躊躇なく店の中に入っていった。

中では若い板前さんが仕込みをしていた。鍋の出汁をとっているのか、店内は蒸気で湿気っていて昆布や生姜の良い匂いが漂っていた。

「あの、すみません」

モモが言った。

「はい。ご予約の方ですか？」

「いえ違うんですけど」

「店、六時からなんで、あと三〇分くらいしたら、いらしてもらえますか」

「いや、あの、すっぽんをですね、持ってきたんですけど」

「はっ？」

「すっぽんを捕まえてきたんです」

厨房の奥にいた頑固そうな年配の板前さんが出てきた。

「どした？」

「すっぽんを持ってきたって言ってます」と若い方が言った。

「なに？」

「すっぽんです」

モモはビニールの袋の中からすっぽんの入ったトートバッグを取り出し、カウンター越しに差し出した。年配の板前さんが受け取り、中を覗いた。

「なんだ、これ？」

「すっぽん。天然もんです」

若い方も横から覗いた。

「うわっ、なんだこれ」

「すっぽんです」

「酷いな、これ」

「霞ヶ浦産です。買ってください」

モモが言った。

「これは無理だよ。うちは養殖のすっぽんだからね」

「えっ、天然じゃないんですか」

「すっぽん出す店は、ほとんど養殖もの使ってるよ。天然もんは泥を吐かせたりして、時間がかかるしさ、養殖の方が臭みはないし、肉が柔らかくて美味いんだよ」

田野はモモの後ろで黙って突っ立っていた。

「でも買ってもらえないでしょうか」

モモは食い下がった。

「無理だよ。タダで貰っても店で出せないし、捨てるだけだ」

「捨てるなんて酷いじゃないですか、せっかく苦労して捕ってきたのに」

「そんなこと言われてもさ」

「酷いじゃないですか！」

モモの両手は握りこぶしになっていた。

「あのさ、おれたち、仕事あるから」

「すっぽん無駄死にじゃないですか！」

「無駄死にさせたの、あなたでしょ」

「それを無駄死ににさせんくするのが、あんたらの役目やないと！」

「うるせえな、出てけよ」

田野はモモを店の外に連れ出そうとした。

「おいおい、こんなもん置いてかれても困るんだよ！」鋭い声がした。

「すっぽんで商売しよっとやろが、こんなもんて、なんば言いよっとか！」

田野に引っ張られながら、モモは叫んだ。

「せっかく、捕ってきたのに」

モモは「悔しか」と言って、目を潤ませていた。

二人は言問通りを入谷方面に向かって歩き、途中にある食堂に入った。瓶ビールと野菜炒め、たまご焼きとサバの塩焼きを頼んだ。モモは、コップの水を飲み干して、瓶ビールをコップに注いで飲み、サバの塩焼きを箸でつまんだ。

「サバ美味しか」

モモはすっぽん屋の出来事などすっかり忘れてしまったように、あっけらかんとしていた。田野は昨日とんかつを一緒に食べたのがずっと前のことのように思えてきた。便所に立った。色々なことがあって、疲れが出たのか神経的なものなのか、なんだか腹の調子が少しおかしかった。和式の便器にまたがると大きな尻が出た。しばらく力んでみたがやはり屁しか出なかった。

席に戻るとモモは携帯電話で誰かと話をしていた。椅子に座ってビールを飲むと、モモは電話を切った。

「田野さん、昨日から、いろいろありがとね」

「いいよ、別に。まあすっぽん残念だったけど」

「そうだよね。今度はレンコン捕りに行こうか。レンコンなら嚙みつかれんし」

「それもう泥棒じゃん。畑から盗むんだから」

「なら、大根やネギでも一緒か」

「うん。野菜泥棒になっちゃうの」

「泥棒にはなりたくなかとね」

モモはビールを田野に注いで、自分にも注いだ。

「そんで、どうする、これから」

「いま八王子に住んでる従姉に電話したら、来ていいよって言ってくれた。従姉、八王子のキャバクラで働いとるん、お店も紹介してくれるって」

瓶ビールをもう一本頼んだ。やはり疲れていた。アルコールのまわりが早かった。モモは酔っぱらうとすっぽん屋のことを思い出し、店に戻って、すっぽんを取り返し、自分たちで料理して食べようと言い出した。

「無理だよ、すっぽんぐちゃぐちゃぐちゃだし」

「ぐちゃぐちゃだけど煮込めば一緒やろ」

「一緒じゃないと思うよ。まずいと思うよ。泥の味がするんじゃないのかな」

「泥の煮込みか」

「泥を吐かせる前に死んじゃってるしさ」

モモは少し情けない顔で、「そうだよね」と言った。

勘定を済ませて外に出ると、ものすごく寒くなっていた。もう一枚、何か羽織るものが欲しいくらいだった。寒いので、二人は無言になり、足早になっていた。上野駅に着くと、モモはコインロッカーに預けていたバッグを取り出した。

「田野さん、ありがとうね」

モモは深々とお辞儀をして、大きなバッグを肩に提げた。

「八王子まで行く金ある？」

「あっ、三〇円しかない」

田野は五〇〇〇円札を渡した。モモは両手で丁寧にお札を受け取ると、「きちんと返す」と言った。

「いいよ返さないで」

「返す。必ず」

「いいって」

「したら、お金稼いだらすっぽん料理おごるけん」

モモは改札口に向かった。田野は上野駅から湯島駅まで歩くことにした。首が痛くなってきた。酒を飲んで血流が良くなり指もズキズキする。モモに五〇〇〇円を渡してしまい、財布にはもう五〇〇円くらいしか残っていなかった。

モモは改札を抜けると、振り返った。「田野さん！」、大きな声で呼んだが、その声は田野に届かなかった。

田野は、あのふざけたマネージャーに電話して、もっと金をせびってやろうかと考えていた。

植木鉢

庭の縁台で老婆が頭から血を流して死んでいた。縁台の下には割れた植木鉢が落ちていたらしい。テレビでは事件のあった家の映像が流れている。家全体を囲んだネズミ色のブロック塀、その向こうには田んぼが広がり、低い山が連なっていた。

仕事から帰ってきた男は、居間のテーブルで缶ビールを飲みながらテレビのニュースを眺めていた。事件があったのは、男の実家の隣町で、男は明日、家族で帰省することになっている。そこは東京から車で二時間くらいの、たいした特徴もない、山に囲まれた田舎街だった。

台所では妻が鶏の唐揚げを作っていた。テーブルの脇では、子供がベッドの柵につかまって立ち、男を見て笑っている。男は子供に微笑みかえし、ビールを飲み干すと、ゲップが出た。その音に、子供が驚いた。

「殺人事件だって」

妻は台所で、さい箸を持ち、コロモをつけた鶏肉を油の中で転がしている。肉の揚がる音で男の声はかきけされ、妻にはよく聞こえなかった。

「えっ、なに？」

「殺人事件」

「もうすぐ揚がるよ」

男は立ち上がって台所の脇にある冷蔵庫へビールを取りにいった。

「ウチの近所で殺人事件があったんだって」

「ウチって？　ここら辺で？」

「ちがう、実家の方。婆さんが縁台で死んでたんだって、犯人まだ捕まってないの」

「物騒ね、明日行くのに」

妻は事件にたいして興味のない様子で、「ほらほら、揚がったよ」と、唐揚げをさい箸でつまみ、キッチンペーパーを敷いた皿の上にのせた。

「犯人まだ近くにいるんじゃないかな」

「そうかもね」

「犯人を車で轢いちゃったりしたら、それどうなんのかね？」

男は冷蔵庫から取り出した缶ビールのプルトップをあけながら言った。

「ちょっとした有名人にでもなるんじゃないの」

「じゃあ、見つけたら、轢いちゃおうか」

「馬鹿なこと言ってないでさ、ほら唐揚げ、テーブルに運んでよ」

妻は男に唐揚げがのった皿を渡した。男はテーブルに運びながら、ひとつつまんで食べた。熱くて、舌を火傷しそうになったが、カリカリしたコロモから肉汁が滲み出てきた。妻の唐揚げはいつ食べてもカリッとして美味しくて、男の母親が作る、油ベトベトの唐揚げとはまったく違った。

男は、子供が生まれてから、ひと月に一回は妻と子供を連れて帰省するようにしていた。妻の実家は東京なので、彼女の両親が遊びに来ることはあったが、男の両親は頻繁に東京に出てくることはできないので、こちらから出向くことにしていた。それに帰省すると、子供に何か買ってやれと、二、三万の小遣いをくれる。

その日の夜、男は横の布団で眠る妻に迫った。胸に手を持っていき、揉みはじめると、無言で突き返された。寝惚けていたのか、それとも本当に嫌だったのか、それ以上男は迫らなかった。

彼女とは結婚して三年目で、一年前に子供が生まれた。

薄暗い天井を眺めていると、一定のリズムを刻む妻の寝息が聞こえてきた。鼻糞がつまっているのか、ヒューヒューと隙間風のような音だった。

次の日の朝、男は普段会社に行くより早く起きてしまった。妻も子供もまだ眠っていて、妻の寝息は相変わらず鼻糞がつまっているみたいだった。

男は布団から這い出て、便所で小便をした。

家を出る予定の時間まで、まだ三時間近くあった。男は顔を洗い、着替え、腹が減っていたので冷蔵庫をあけて、何か作ろうかと思ったが、面倒なのでやめた。散歩がてら家を出て、駅前の古びた喫茶店に入った。この店に入るのは初めてだったが、会社に行くときに毎日前を通っていた。

店内はコーヒーの匂いが漂っていて、時間が止まったまま、歳をとってしまったような老夫婦が切り盛りしていた。

カウンターの中では眼鏡を掛けた神経質そうな主人が、慣れた手つきでドリップでコーヒーを淹れている。テーブル席に座ると、痩せぎすの妻が注文を取りに来た。眼鏡の柄が折れてセロハンテープを巻いて補強している。男はモーニングセットを頼んだ。

木の壁は飴色に光っていて、天井からぶら下がるランプにはホコリが溜まっていた。男は立ち上がり、カウンターの脇にあるラックに新聞を取りに行った。

運ばれてきたモーニングセットのトーストはすでにバターがたっぷり塗ってあり、ゆで卵は殻がむいてあった。皿の隅には、薄オレンジ色のドレッシングのかかったキャベツの千切りが添えてあった。

トーストを手に取ると、塗ってあるバターの量が多くて、雑巾みたいにぐにゃりと折れ、その谷間から溶けたバターが滴り落ちてきた。読んでいた新聞に油の丸い染みを作った。ちょうど染みのできたところは、昨日テレビニュースでやっていた殺された婆さんの記事だった。

殺された婆さんは、地元では有名な地主で、金持ちだったらしい。近所の人の情報によると、駅の近くにマンションやアパートを持っているらしかったが、派手な生活はせずに、家の前の畑で一人、農作業をしていたという。

男の家は新聞をとっていなかった。普段はせわしなく朝飯を食べて、会社に向かっていたので、このように、ゆっくり新聞を読んでいると、それだけで、小さな幸せ気分になった。

店を出ると天気が良く、帰り道の途中にある公園の中を、目的もなくぶらぶら歩いてから、家に戻った。

「どこ行ってたの？」

妻は朝ご飯を作っていた。

「駅前でモーニングセット食べて、公園散歩してきた」

「えー、目玉焼き二つ焼いちゃってるんだけど」

「食べるよ。まだ腹減ってるから」

男は、またトーストを食べた。バターは塗られておらず少し焦げていた。目玉焼きも焦げていた。そして薄いインスタントコーヒーを飲んだ。

二回目の朝食を食べ終ると、男はソファーの上に寝転がった。妻と子供は出掛ける準備をはじめた。男は満腹感から、眠気が襲ってきたが、

「ちょっと起きてよ。出かけるよ」と妻に叩《はた》かれた。

駐車場はマンションの下にあった。車は去年、男の母親が買い替えるというので、実家からもらってきた水色の軽自動車だった。母親は、この車で田んぼに落ちたことがあり、ボディが凹んでいて、相当ボロかった。妻は、こんな変な色のボロい車を運転するの嫌だ恥ずかしいと、決して運転しようとはしなかった。この車に乗るのは、男が運転するときだけで、子供が急に具合悪くなったときも、タクシーを使っていた。

マンションの駐車場を出ると、数分で甲州街道に出る。そこから二〇分ほど走ると中央自動車道の調布インターだった。インターは、大きくループになったのぼり坂で、運転席の男や後部座席の妻とチャイルドシートにおさまった子供は斜めに傾いていった。

料金所を抜けると、フロントガラス前方に山が見えてきた。空には雲ひとつなく、奥には富士山も見えた。

「富士山見えるね。天気いいな」

男が眩しそうに目を細めながら言うと、

「あなたさ、いつも見たままのことしか言えないのね」

「え？　なに？」

「もっとさぁ、天気がいいからどうのこうのとか、富士山が見えるからどうのこうのとか、なんかないの。その先のこと、想像力っていうの」

「知らねえよそんなの。どうのこうのつったって、富士山見えるだけじゃねえか」

「だから、その先になんかあるじゃない」

「その先は山梨県だろ」

「そんなの私だって知ってるよ。だから、富士山が、どんな風に見えるとかさ、あるじゃない。見たままのこと言われたら、ああそうねって答えるしかないじゃない。会話続かないよ」

「それが会話じゃないの」

「違う、それはただの受け答え」

「富士山、甘食みたいな形だねとか？」

「つまんない」

「別に面白いことなんて言おうとしてねえよ」

高速をしばらく走ると、右に競馬場、左にビール工場が見えてきた。「想像力」と妻は言う。「中央フリーウェイ」という歌があるが、あれだって、見たままじゃないかと男は思った。

「なあ、『中央フリーウェイ』って歌あるだろ、あれだって、今ここの見た状況を歌ってるだけじゃねえの、競馬場にビール工場だろ、確かそんな歌だったよな」

「なに言ってんの、あの歌はその先が、まるで滑走路みたいで、それが夜空に続くってなるのよ。だいたいね、なんであなたが何億円も稼ぐシンガーソングライターに挑もうとしてるのよ、太刀打ちしようったって絶対無理よ」

「挑んじゃいねえし、シンガーソングライターなんかじゃねえもん俺。それにさ、中央自動車道はフリーウェイじゃなくて、どっちかつうとハイウェイなんじゃないの」

「どっちだっていいじゃない、そんなの」

「いいのかな」

「いいのよ。正確なことなんかより雰囲気なのよ。あなたはね雰囲気がないのよ」

男は何も答えなかった。子供が泣きはじめた。妻は家で作ってきた哺乳瓶のミルクを子供にあたえはじめた。

「大丈夫？　車の中だと酔っちゃわない？」

「大丈夫よ」

「よく飲むね」

「あなただって、朝ご飯、二回も食べてるじゃない」

「まあそうだけど」

「モーニングセットなんて気取っちゃってさ」

「気取ってねえよ」

「どこでモーニングセット食べてきたの？」

「駅前の、弁当屋の隣に古い喫茶店あるだろ」

「お爺さんとお婆さんがやってるところ？」

「行ったことあるの？」

「友達が保険の勧誘やってるじゃない。この前、あそこで会って話聞いた」

「あの保険どうするの？　あの人、しつこいよ、会社にまで電話かけてくるんだけど」

「ウチにも二日おきに電話かけてくるんだけど、どうしようか。でも、あなたいつ死んじゃうかわかんないし」

「まだ死なねえよ」

「突然ってのがあるじゃない。殺されちゃうとか」

「なんで殺されるんだよ」

「ろくでもないことしでかしてさ」

「ろくでもないことってなんだよ」

「わかんないけど」

子供はミルクを勢いよく飲んでいた。

「あっそうだ、昨日の事件」

「なんの事件？」

「昨日、婆さんが庭で死んでたっていうの。あれさ、高速を降りた国道に大きなゴルフショップあるだろ、あそこを脇に入っていった、すぐのとこだよ」

「そうなんだ」

「殺された婆さん、駅前にマンションとかたくさん持っていたらしくて、相当な金持ちだったらしいよ」

妻はミルクをあたえ終ると、子供を再びチャイルドシートに座らせ、大きなクシャミをして、鼻をかんだ。バックミラーに映る妻の顔は、なぜかいつもより若く見えた。

道は空いていて、男は快調に車を飛ばした。しかし軽自動車なので、スピードには限界があり、ある速度まで達すると車体が横揺れして、不安定になる。まして田んぼに落ちたことのあるポンコツだから、長距離を移動するにはきつかった。水色の車体は目立つが、やはり、どう考えても趣味が悪く、妻が乗りたがらない気持ちもわかった。

妻は車窓に流れる景色をぼんやり眺め、まばたきを数回して、ゆっくり目を閉じた。子供はその前から眠っていた。

遠方に見えていた山は、近くまで迫ってきていて、そこを切り裂くように、車線は三車線から、二車線になり、坂道でカーブが多くなってきた。

後ろから真っ黒の大型トラックが、物凄いスピードで迫ってきた。男はウィンカーを出して、車線変更をしようとしたが、隣車線には、同じくらいの速度で大型バスが走っていたので、車線変更ができなかった。

なかなかどかない軽自動車にイラつきはじめたトラックは、後部スレスレに車体を近づけてきて、パッシングをして煽ってきた。「わかってるよ」男はつぶやいた。

しかし車線変更しようにも、大型バスはまだ同じくらいのスピードで並走している。男は、軽自動車の限界だとわかりつつも、アクセルを踏んで、スピードを上げ、車体をぐらつかせながら、なんとか大型バスを追い越し、車線変更をした。

後方から、トラックは勢いよく加速を始め、わざと嫌なタイミングで、「ッフォーン！」と耳をつんざくクラクションを鳴らし、追い越していった。軽自動車は風に煽られ、グラッと大きく揺れた。

男は、その揺れやクラクションの音で、なにかのスイッチが入り、急に身体が熱くなってきた。

ペタリとアクセルを踏み込み、再び加速を始めた。軽自動車は一一〇キロ以上出すと、エンジンが、ビービー限界音を立てはじめる。一二〇キロを超えると、車体はダンボール箱も同然で、バタバタと、どこかに飛んで行ってしまいそうだった。

スピードが上がれば上がるほど、男は操作している感覚がなくなっていった。軽自動車は、怒りの感情で動いている物体のようだった。

一三〇キロを超えると、聞いたこともないエンジン音が響いてきた。さらにG（重力）がかかって、男の身体は軽自動車の粗末なシートにめり込んでいった。メーターを振り切って一四〇キロを超えると、エンジン音は悲鳴になり、子供が目を覚まして泣きはじめた。異変に気づいた妻も目を覚ました。妻の身体もGでシートにめり込み、状況を理解するまでに少し時間がかかった。

エンジンの悲鳴と子供の泣き声に混じって、「ちょっと！　なにやってんのよ！」と妻の甲高い怒声が響いた。

バックミラーに映る妻は真っ青で、Gで顔が変形しているように見えた。男は車線変更をして、速度を落としていった。流れる景色が通常に戻り、速度は八〇キロに落ちた。妻の顔はGから解放されていった。そして息を荒くしながら、

「ねえ、なんだったのよ？」

子供はさっき飲んだミルクを吐いていた。

「あんなスピード出すからよ」

男はドアの下部にある物入れから雑巾を出し、後部座席の妻に渡した。妻は顔を険しくさせたまま、子供が吐いたミルクを拭いた。

妻が、トイレに行って子供のオムツを替えたいと言うので、男は次のサービスエリアに入った。妻はミルクを拭いた雑巾を、「これ捨てといて」と男に渡した。

雑巾を持って、売店の前のゴミ箱に捨てると、向こうの方に、さっきの黒いトラックが停まっていた。

男は、トラックに向って歩きはじめた。運転席に人はいなかった。間近で見ると、こん

なのに、ちょこっとでもぶつけられたら、軽自動車は、ひとたまりもないだろうと思った。自己中心的な運転をする男への怒りが再びこみ上げてきて、やはり何か言ってやらないと気が済まなくなってきた。

トラックの脇に突っ立っていたが、運転手は飯でも食べているのか、なかなか戻ってこなかった。男は小便がしたくなってきた。そして、おもむろにズボンのチャックを下ろし、タイヤに小便をひっかけはじめた。

用を足し、チャックを上げて、自分の車の方を見ると、妻が子供を抱きかかえながら、こっちを睨んでいた。

男は自分の車に戻った。

「ねえ、なにやってんの？」妻の顔はまた険しくなった。

「見てた？」

「見てたもなにも、なにやってんのよ」

「小便だけど」

「見てたらわかるわよ。どこの大人が、トラックのタイヤに立ち小便するのよ。トイレすぐそこじゃない」

男はエンジンを掛け、ゆっくりアクセルを踏んだ。

「ねえ、なんであんなところでおしっこしてたのよ？」

「あのトラックがさ、危ない運転してきたんだよ、車の後ろギリギリに近づけて煽ってきたからさ」

「危ない運転してたの、あなたじゃないの」

「だから、トラックを追いかけようとしてたんだよ、さっきは」

「追いかけて、タイヤにおしっこかけるつもりだったの？」

「そうじゃないけどさ」

「あんなところでおしっこしてさ、なに考えてるのよ」

これ以上説明しても無駄だと思って、ラジオのスイッチを入れた。お昼のニュースがやっていた。

「あなたのことがわからなくなってきた」

妻は言ったが、男は無視してラジオを聞いていた。ニュースは、庭の縁台で殺された老婆の続報を伝えていた。名前は田代キヨさん、タンス貯金をしていたらしく、そのお金がなくなっていたという。

「これ、身内の犯行だよ、絶対」

男は言った。そして興奮して喋り続けた。

「絶対、身内の犯行だ。金が欲しくて、婆さんに無心したんじゃねえのかな、でもって縁台で話してたんだけど、婆さんは金はよこさねえって言うから、発作的に庭にあった植木鉢で頭を叩き割っちゃって、金を盗んだと。だってさ身内じゃなきゃ、そんなタンス貯金のこと知らないもんね」

妻は子供を抱きながら外を眺めていた。男は事件のことに思いを巡らした。さっき妻に「あなたは見たままのことしか言えない」と言われ、想像力の乏しさを指摘されたが、事件のことを考えると、見てもいないのに、脳味噌が勝手に動き出していた。

「でもさあ、植木鉢って、そんな殺傷能力あるのかな？ 打ちどころが悪けりゃ死んじゃうけど、どのくらいの威力があるんだろう？ やっぱ土が入ってたら、重くなってるから、人殺せちゃうのかな？ とにかく婆さんの家族構成を洗ってみなくちゃならないよね？ 息子が借金抱えてたとか、強欲な娘がいたとか、ホステスに貢いでた孫とか、たぶんそんなところじゃねえのかな。だとしたら、まだ市内にいるはずだよ犯人は。逆に逃げたらばれちゃうもんな、あいつどこ行った？ 怪しいぞってなるからさ、多分、平静を装っているはずだよ、そういう奴って、バレないように普通な顔して葬式とかにも出ちゃったりするんだよな」

妻は無視していた。

「でさあ、昨日も思ったんだけど、もし俺がその犯人を車で轢いたら、やっぱ、捕まるのかな？」

妻は、ゆっくり目を閉じた。男を拒否しているようであったが、男はまったく気にせずに、喋り続ける。

「やっぱ捕まるよな。でも相手は人を殺してるんだよ、俺なんて、骨折させるくらいだよ。あれか、犯人だとわかっていて、骨折させるのと、わかってないで骨折させるのじゃ違うからな。まあ俺はわかっていて骨折させる派だけど。でも間違えて轢き殺しちゃったら、やっぱまずいよな。そしたら、こいつが犯人だって知ってましたからって言い張ればいいのかね」

男は、自分でもなにを喋っているのかわからなくなってきた。支離滅裂だとわかっていたが、一方的なお喋りは止まらない。

「三〇キロくらいの速度なら丁度いいかね。でもそのくらいじゃ逃げられちゃうかもな。

昔、友達がタヌキを轢いちゃったことあったけど、タヌキってどのくらいの速度で走れるんだろう。一〇キロくらいかね、遅いよなタヌキは」

子供は喋っている男に相づちをうつように、ときたま「アギャー」とか「うわわわわぁ」と応えていた。

車は高速を降りた。そこから三〇分くらい行けば、男の実家なのだが、男は、国道沿いの大きなゴルフショップを折れて、脇道に入っていった。

前方からヘルメットをかぶった中学生が自転車でやってくると、男は車を停めて、窓を開けた。

「ねえ、君さ、昨日事件あった家、どこか知ってる?」

「え?」

「田代キヨさんって人の家なんだけど、昨日、植木鉢で」

「ああ。ここ真っすぐ行くと、小さな公園があって、その前ですよ。パトカー停まってますよ」

「そう。ありがとう」

男は車を走らせた。公園が見えてくると、脇にパトカーが数台停まっていた。男は車をパトカーの後ろにつけると、妻に「ちょっと待ってて」と言って車を降りた。

パトカーの前に行くと、家のまわりには規制線が張られていて、数人の野次馬や報道陣がいた。男は規制線の前に立っている警察官に話しかけた。

「ご苦労さまです」

警察官は怪訝そうに男の顔を見た。

「あの田代さんの、家族って、これどうなっているんですかね？」

警察官は手を横に振った。

「家族なしですか？」

警察官は人差し指を立て、口元に持っていき、首を横に振った。

「ああ、喋れないってことですか」

警察官は頷いた。男はその後も、野次馬の中をウロウロしたり、家の中を覗こうとした。同じように家の中を覗こうとして、背伸びをしている派手なピンクのスウェット上下姿のオバサンと目があった。

「いやですよね、こんな事件が近所であると。あたしん家すぐそこなのよ」

「そうですよね、物騒ですよね」

彼女は、田代さんの家族構成を詳しく知っていそうだった。それとなく尋ねると「まあ、こんなこと話しちゃっていいのかわかんないけどさ」とオバサンは言って、殺された晩に、オートバイの立ち去る音を聞いたと話しはじめた。そのオートバイは、田代キヨさんの、市内に住む孫のオートバイらしく、キヨさんのところには、その孫がいつも金の無心に来ていたのよ、とオバサンは言った。

「どんなお孫さんなんですか？」

「年齢は二五歳でね、市内にアパート借りて一人で住んでるらしいんだけど、仕事もロクにしないで、キヨさんも困ってるって話してたのよ」

「で、バイクってどんなの乗ってるんですか」

「大きなスクーターみたいなのでね、真っ黄色のバイクよ」

「ビッグスクーターか」

「たぶんそれよ。とにかく黄色いの。月みたいな黄色でさ、音はブルブルうるさいのよ、改造してるのね、あれ。ていうか、あなた刑事さん？　だったら孫の写真あるけど、見ます？」

なにを思ったかオバサンは、男を刑事と勘違いした。男もいまさら、違いますとは言えずに、「はい、おねがいします。見せてください」と答えていた。

オバサンの家は、現場から一〇メートルくらいのところにある粗末な平屋だった。庭は雑草が伸び放題で、しばらく掃除をしていないようで、玄関を開けると、郵便物が靴の上に散らばっていた。

オバサンは男を玄関で待たせて家にあがり、戻ってきて「ほら」と見せられた写真は、オバサンが若かった頃、正装した子供と一緒に写っているものだった。

「なんですかこれ？」

「田代さんのお孫さんが七五三のときに撮った写真なんだけどね、あたし昔、保母さんやっててね、保育園の生徒だったのよ彼、で、田代さんの家に来たときに、一緒に撮ったんだけど、この頃はまだ可愛かったのにね」

「写真ってこれだけですか？」

「だって今は、彼、あたしと会っても挨拶もしないくらいだから。で、どうなんですか？なんかちょっと聞きにくいけど、そちらの関係では、やっぱ、トシくんに容疑がかかっているんですかね？」

「トシくん？」

「お孫さん、トシヒコくん」

男は、自分が何者で、なにをしようとしているのか、わからなくなってきた。

「ちょっとまあ、まだわからないんで、そういうことは」

「そうですか」

「どうも、ご協力ありがとうございます」と男はその場を去った。

現場の前を通り、車に戻ろうとしていると、

「ご近所の方ですか？」と、テレビのレポーターに話しかけられた。

「いや近所っていうか、生まれたのが、この近くなんですけど」

「じゃあ、ご近所ですね、お話、聞かせてもらってもいいですか？」

「まあ、いいですけど」

カメラがまわりはじめ、男の顔をとらえた。男が少し戸惑うと、

「あ、これ、顔にはモザイク入れますから」とレポーターが言った。

「はい」

「亡くなられた田代さんとは、お知り合いでしたか」

「お知り合いってほど知りませんが」

「そうですか、なにか田代さんのことで聞いたことありますか、トラブルがあったとか？」

「そういうのは、あんまないですけど、お金を凄い持っていたとか、そういうのは聞きました」

「近所でも有名だったと」

「近所じゃないですけど俺、でも、はい」

「他には、近所の噂とかは」

「はあ、お孫さんが」

「お孫さんが？」

「お孫さんがいて、市内に住んでいるとか」

さすがに、犯人と決まったわけでもない孫のことを喋るのはまずいと思った。

「だから、気の毒ですよね、お孫さんも。家族の方が、こんなことになるなんて」

男は車に戻った。車内では妻が憮然とした表情で子供を抱えていた。

「ねえ、なんなの？」

運転席に座ると妻が背中から言った。

「犯人、孫かもしんねえよ」

男は車のエンジンを掛けた。

「その孫ってのは、ちょくちょく婆さんの家に金の無心にきていたらしいんだよね。でさ、その孫ってのが、黄色い大きなスクーターに乗ってるんだってよ。だからどっかに、そんな感じのビッグスクーターが走ってたらさ、お前も教えて。とりあえず轢いちゃうから」

「勝手にしてよ。もうあのさ、オムツ買っていきたいから、お婆ちゃん家に行く前に、ホームセンターに寄ってくれる」

男はふたたび国道に戻って車を走らせた。現場から一〇分くらいのところにホームセンターはあったが、休日で駐車場は混んでいた。停める場所を見つけるまで駐車場を三周した。男はその間も、車を停める場所より、黄色いビッグスクーターが停まっていないかとキョロキョロしながらハンドルを握っていた。

妻は子供を抱っこしたまま車を降りて、店の中に入っていった。男は外で待っていると言って、駐車場の脇にある家庭菜園やガーデニング用品の売場をうろついた。

肥料、ジョウロ、ブロックなどにまじって、茶色い植木鉢が置いてあった。男は手に取り、高く掲げてみたり、茶道のようなあんばいで、くるくるまわしたりしながら眺めていた。

また、自分の額に軽く何回か打ち付けてみた。これは相当な強い力じゃないと、割れないだろうと思って、今度は、少し強く、額に打ち付けてみた。割れなかったが痛かった。横を見ると、妻が子供を抱っこして、紙オムツの入ったビニール袋を持ち、目を細めていた。男は妻の方に歩み寄り、

「やっぱ、植木鉢は凶器になるね」と額をおさえながら微笑んだ。

妻は何も言わず、踵《きびす》を返して、駐車場に向かった。

車が駐車場を出ようとすると、目の前を黄色いビッグスクーターが通りすぎた。改造しているらしく、ブリブリしたマフラー音が窓を閉めていてもハッキリ聞えた。

一つ気になったのは、真っ黄色ではなく、下の方に赤い炎のラインが入っていることだった。しかし男は左右を確認もせずに反射的にアクセルを踏み込んだ。急発進で、妻と子供の身体はシートに押しつけられた。

「ちょっと！」妻が怒鳴った。

男には妻の言葉が聞こえなかった。また、なにかのスイッチが入ってしまい、世の中が無音になり身体が熱くなっていた。

黄色いビッグスクーターは前方一〇〇メートルくらいに見えた。水色の軽自動車は、国道でカーチェイスでもするかのように、車をビュンビュン抜かしていった。信号無視を一回すると、黄色いビッグスクーターとの距離が縮まり、すぐ目の前になった。

「いい加減にしてよね！」

妻の怒声が飛ぶ。男は後ろを振り返りニヤリと笑った。その顔が気味悪くて、妻は黙ってしまった。

黄色いビッグスクーターはパチンコ屋の駐車場に入っていき、男も後に続いて、駐車場に車を入れた。

ビッグスクーターのエンジンが切られ、降りてきた男は、二五歳には見えない、腹が出すぎた体形だった。白いフルフェイスのヘルメットを脱ぐと、ちょび髭を生やした、四十代くらいのおっさんだった。

「なんだよ。ありゃ孫じゃないよな、どう見ても」

「あたし車降りるから。ここから歩いて行くから。あんた、思う存分犯人捜ししたら」

「ごめん、ごめん」

「ごめんじゃないよ」

「ごめん、でもさ、ちょっとだけ、待ってて」

男は急いで車を降り、ちょび髭に駆け寄って行った。男はちょび髭に話しかけた。そして車に戻ってくると、

「やっぱ、関係ねえや、パチンコしにきたオッサンだった」と言った。

男の実家に到着した頃には、妻はグッタリし、顔色も真っ青で血の気がひいていた。

「ねえどうしたの、具合悪そうよ、どうしたの」

男の母親がすぐに気づいた。

男の母親は市内の病院で看護師をしている。

「はい、ちょっと」

「ねえ横になった方がいいんじゃないの。コータロウちゃんはあたしが見といてあげるから」

妻は、居間の隣の部屋で座布団を枕にして横になった。頭も痛くなってきたのか、脂汗が額に流れていた。

男は、妻のことはたいして気にもかけず、家を出て近所を散歩した。その間も国道を行き来するビッグスクーターを見ては、黄色いのを捜していた。結局三〇分近くウロウロし

ているとさっきの、ちょび髭の男が入っていったパチンコ屋に行きついて、中に入った。店内を見てまわるとちょび髭の男の横には玉の入った箱が積みあげられていた。男はその台の近くに座って、パチンコをやりだしたが、二時間近く店にいて、二万円負けた。

　家に戻ると、夕飯の準備ができていて、母親が「あんた、どこ行ってたのよ」と言った。夕飯は鶏の唐揚げだったが、油がべっちょりしていて、やはり妻が揚げた方が美味しかった。

　妻は相変わらず具合が悪そうで、起きてきたが、箸が進まなかった。父親が男にビールを注いだ。つけっ放しのテレビからは、夕方のニュースが流れた。ローカル局のチャンネルで、地元ということもあり、ニュースは老婆殺害事件がメインだった。レポーターが事件のあった家の前に立っている。

「殺人事件なんて、こんな近くで起きちゃって、いやよね」

母親が言うと、テレビの画面には、「近所の住人」というテロップが流れ、モザイクのかかった男のインタビュー映像が流れた。

「なにか田代さんのことで聞いたことありますか、トラブルがあったとか？」

「そういうのは、あんまないですけど、お金を凄い持っていたとか、そういうのは聞きました」

「近所でも有名だったと」

「近所じゃないですけど俺、でも、はい」

皆はテレビを見て言葉を失った。モザイクがかかっていたが、服装も喋り方も、ここに居る男だとすぐにわかった。

妻は頭痛が激しくなってきて、さらに唐揚げの油っこいニオイを嗅ぐと吐き気をもよおしたのか、便所に行った。

「あんたでしょ、これ」呆気にとられた感じで母親が言った。

「そうみたい」

「なにやってんのよ？」

「インタビューだけど」

妻の嘔吐する音が聞こえてきた。

戻ってきた妻はふらふらで、顔面は蒼白だった。

「すみません、ちょっと、やっぱまた寝かせてもらいます」

彼女は、居間の隣の部屋に布団を敷いてもらい横になった。子供がミルクを飲みたがったので、母親は湯を沸かし、ミルクを作った。男はそれを飲ませながら、自分はビールを飲んでいた。

その後、母親が子供を風呂に入れた。男は妻の寝ている部屋に行き、「大丈夫か？」と声を掛けたが、答えは返ってこなかった。

風呂から出てきた子供は、男が身体を拭いてやり、服を着せた。父親は明日、ゴルフに行くからと言って、早々に寝てしまった。子供は母親が寝かしつけてくれることになった。男はもう一度、妻のところに行ったが、寝息が聞こえていたので、居間に戻った。ビールを飲もうと冷蔵庫をあけたが、なかったので、男は歩いて一五分くらいの距離にある国道沿いのコンビニエンスストアに行った。

しばらく週刊誌を立ち読みし、缶ビールを三本買って、ビニール袋をぶらさげ、一本取り出し、飲みながら家に戻った。

実家の納屋の前に、枯れた花が植わっている植木鉢があった。男は缶ビールを飲みながら、しばらくそれを眺めていた。缶ビールを飲み干すと、持っていたビニール袋を地面に置いて、植木鉢を手に取った。

土が入っていたので、ホームセンターで持ったものよりも重たかった。男は両手でかかげ、夜空に向って、植木鉢を高く放り投げた。

月が明るかった。空から植木鉢が鈍く落ちてきた。男はそれを額で受けとめた。そして、その場に気絶した。

どのくらい時間が経ったのかわからなかったが、月はさっきより光が弱くなっていた。立ち上がると、頭から土がこぼれてきた。地面には割れた植木鉢が転がっていて、額を拭うと手に血がついた。

家の中は真っ暗だった。男はそのまま妻の眠っている部屋に行った。さっきまでは敷いてなかった布団が横に敷いてあり、子供は、母親と居間で眠っていた。

男は横になった。妻の寝息は、男の心を落ち着かせた。そしてゆっくり目を閉じた。


朝、妻の悲鳴で目を覚ました。仰向けに眠っていた男の顔面は泥まみれで血がかたまり、布団や枕が汚れていた。

「なによ、どうしたの？」

仰向けのまま目をあけると土が入ってきた。痛かった。指で擦るとさらに土が入ってきた。目をしばしばさせながら、起き上がると、頭から土が布団の上にこぼれた。

「ねえ、どうしたの？」妻が訊いた。

「夜、ビールを買いに行ったら転んだ」

「はあ？」

「ごめんね」

「あたしにあやまられてもしょうがないんだけど」

「お前こそ、頭痛いの大丈夫なの、治った？」

「うん。もう大丈夫みたいだけど」

男はシャワーに入った。頭を洗っていると、シャンプーの泡に混じって茶色い泥が排水溝に流れていった。傷口はたいしたことなかったが、まだ血が少し出ていたので、頭にタオルを巻いた。


朝食は、母親がアジの干物を焼いて味噌汁を作ってくれた。父親はもうゴルフに行っていなかった。テレビの朝のニュースが、また植木鉢の老婆殺害事件のことを伝えている。犯人が捕まったらしい。犯人は近所に住む女で、金目当てで殺人におよんだらしく、捕まった女は、昔から婆さんの家とは交流があって、婆さんの孫の保母さんでもあったという。

男は、飲もうとしていた味噌汁のお椀を持ったまま、しばし茫然とした。妻は子供を膝に乗せながら、味噌汁を飲んでいた。その姿を見て、もう事件のことを話すのはやめようと思った。

「あんたなにボケッとしてんの。早く味噌汁飲みなさいよ、冷めちゃうよ」

母親が言った。

鳩居野郎

わたしは鳩が嫌いです。色、形、目玉、首の動き、毛並み、鳴き声、交尾のときの鳴き声と動き、電線にとまっている姿、生き様、トタンの上を歩く足音、羽ばたくときの音、散らばる毛屑、安定感のない飛び方、なにもかもが駄目なのです。嫌いなのは子供のころからでしたが、大人になるにつれて、その気持ちはどんどん増していったのです。

祭典や式典などで、大量の鳩が大空に舞いあがることがあります。テレビで見ているだけで、ゾクゾクして、ムカムカしてきます。スタジアムなどの会場で、観客は空に飛び立った鳩を見上げ、拍手をしながら歓声をあげます。鳩は調子づいて、バサバサと音を立てながら空を飛びまわっていきます。どんなにおめでたい祭典や式典であれ、鳩も人間も狂気の沙汰としか思えません。

また奇術や手品で鳩を使うことがあります。そこで使用されている鳩は、帽子の中や箱の中など、小さな所に納めやすくするため、骨を抜くとか折るとかして、コンパクトになる身体に改造をされていると聞きました。あいにく手品師に知りあいはいませんので、実際に確認したことはないですが、ポケットティッシュくらいのサイズになってしまうのかもしれません。いまこうして考えているだけで、気味が悪くなってきます。鳩がポケットティッシュサイズに折り畳まれている姿を想像してみてください。これは人間の面白欲が過剰になったものであり、鳩に責任はありませんし、哀れでもあります。けれども、やはり鳩ということで、同情できないのです。

常々わたしは、地球上で愚かな生き物の代表で先頭を突っ走るのは人間で、次が鳩だと思っています。ですから二番目であれば、人間のわたしも、鳩に情けを感じなくていいと思っている次第なのです。

人間の世界で、鳩は平和の象徴だとされていますが、愚か者の一号が二号と結託して平和をほざくなんてちゃんちゃらおかしいのです。それに誰がデザインしたのか知りませんが、ピースマークが鳩の足をかたどったものだと聞いたとき、なんて間抜けなことをしたのかと思いました。昔のロックフェスティバルで、ヒッピーがピースマークのペンダントをしてマリファナ煙草を吸っている写真を見たときは腹が立ちました。平和とは、そのようなものではないし、鳩でもないのです。鳩が平和の象徴たるゆえんは、ノアの箱船に関係あるらしいのですが、そんなこと、わたしには関係ありません。

とにかく、どうしても平和と鳩を結びつけることができません。我慢ならないのです。なぜこのような気持ちなのか、これを説明するには、わたしが鳩にこうむった実害を述べなくてはなりません。一番最近は先週の出来事なのですが、とりあえず昔から順を追ってお話ししていきたいと思います。

まずは幼稚園のころ、遠足で近隣の大きな池のある公園に行きました。午前中は、ダルマさんが転んだ、などをして遊び、昼ご飯は芝生の広場で、お弁当の時間です。わたしは、お友達と一緒に芝生に座ってお弁当を食べはじめました。

しばらくすると鳩が、首を前後にさせる動作、あの調子に乗ったうつけ者みたいな動きでやってきたのです。最初は、「あっちいけ」と足で追い払っていたのですが、鳩はしつこくて、いつの間にかわたしの真横で、「ボウボウ」と鳴きながらお弁当の中身を覗き込んでいるではありませんか。焦ったわたしは、追い払おうとしました。そのとき、アルマイト製のお弁当箱が地面に落ちてしまったのです。

お弁当は母が丹精込めて作ってくれた、のり弁でした。黒いのりの下に、かつお節がちりばめられ、醤油がたらしてあり、その下にも、のりとかつお節の層があって二段重ねになっているのです。おかずは、鶏の唐揚げとレンコンを揚げたもの、それにミニトマトとレタスが入っていました。

落ちてしまったお弁当箱は、さらに反転し、芝生の上で、底が上を向いている状態になっています。お弁当箱を持ち上げると、押し寿司かバッテラ寿司のようになった四角いご飯が芝生の上に残りました。

おかずもすべて散らばってお弁当箱の中身は空っぽです。涙がこみあげてきました。楽しみにしていたお弁当です。母が作ってくれたお弁当です。午前中は公園で遊びまわり、疲れた身体に滋養を与えてくれるはずのお弁当です。それが裏っかえしで芝生の上なのです。

お弁当を落としたとき、鳩は驚いていったん逃げましたが、しばらくするとまた近づいてきました。わさわさと、二羽、三羽、四羽、五羽、集まってきます。わたしが子供だというのがわかっているのでしょう、人間でも子供ならばチョロいもんだと馬鹿にした感じで、四角いご飯をついばみだしました。そして恐ろしいことに、鳩は共食いともいえるような行為をはじめました。同じ鳥類の、鶏の唐揚げをついばんでいるのです。あげく数羽の鳩でひっぱりあって肉を食いちぎろうとしているではありませんか。気味が悪いったらありゃしませんでした。

そのような醜態を眼前にして、わたしが泣いていると、先生がやってきて鳩を追い払ってくれました。しかし、芝生の上のお弁当の中身はすでに食い散らかされ、バッテラ寿司が爆発事故でも起こしたような有り様になっていました。

わたしは、空っぽのお弁当箱を公園の水道で洗って、ティッシュペーパーで拭きました。それから、洗ったお弁当箱を持って、先生と一緒に、お弁当を食べているお友達の間をまわり、みんなから、少しずつお弁当の中身を頂戴していったのです。お友達は「だいじょうぶ」「かわいそうね」「もう泣かないでね」と声をかけてくれ、自分のお弁当の中身を分けてくれました。そのときわたしは、人間の慈悲深さを知ったのです。そして仏さまは人の心の中に、あるのだと知ったのです。

子供ながらに、なぜ仏さまのことを思ったのかと申せば、わたしの通っていた幼稚園は仏教系で、毎朝「仏さまの歌」を唄わされていたから、仏さまが身近だったのです。

やさしいやさしいほとけさま
おててをあわせておがみましょう
なんみょうほうれんげいきょう

このような唄であったと記憶しています。

さらに、お弁当箱を落とし、お友達からお弁当をわけてもらったことにより、わたしは幼稚園児にして、喜捨される側の心を知ったのです。このことは、大学時代にタイランドを旅行中、仏教徒が市民からお米を貰っているのを見て、思い出したりもしました。

ちなみに、その後、慈悲の心を忘れず、正しい道を歩んできたのかと申せば、そんなことはまったくありません。仏さまに一番近かったのは幼稚園のときだけで、公立の小学校に通ってからは、雑木林で虫を殺しまくったり、用水路でザリガニを捕まえ、その場で焼いて食べて腹を壊したり、親の金をくすねたり、パチンコ屋に侵入して落ちている玉を拾ったり、爆竹を公園の便所に投げ込んだり、拾った金で駄菓子を買ったりと、信心はまったく無くなってしまうのです。

歳を重ねるごとにさらに俗物に成り果て、現在に至っては、酒を飲んで泥酔し、金が入ればエロいマッサージに行き、競輪ギャンブルをして、欲深く、小さなことにもイライラし、あらゆることが面倒で、そのくせいい暮しがしてみたいと思う身の程知らずです。しかし、いまでも、あのとき喜捨してくださった、お友達の顔を思い出すと、朗らかな気持ちになるのです。

あの日、落としたお弁当の中身は、先生が片付けてくれましたが、芝生の上には、飯粒や唐揚げのコロモなど残骸が転がっていて、それをついばみに、ふたたび鳩がやってきたのでした。なんて欲深くて、いやしいのだと、子供ながら、あきれてその光景を眺めていました。

次の思い出は、しばし時間が飛んで、高校一年の秋になります。わたしは男子校に通っていて、制服は詰襟の学ランでした。ある日、朝礼で、校庭に並んでいると、どうにもわたしの後ろが騒がしいのです。笑い声も聞こえます。なんだなんだと思って振り返りますと、後方のみんながわたしのことを見て笑っていました。「どうした？」わたしが訊きますと、「くそくそ」「とりのくそ」「きたねえきたねえ」と言っています。「えっ？」わたしは学ランを脱いで、背中を見ました。すると、黒い生地に白いペンキをぶっかけられたみたいに、鳥の糞がついているではありませんか。

この糞、身に覚えがありました。わたしは自転車で通学していたのですが、いつも近道をするため、神社の中を通っていたのです。その日、神社では秋祭りの準備をしていて、木と木の間に、電球を吊るす電線が這わしてありました。その電線に、やけにたくさんの鳩がとまっていたのです。鳩は祭りがあるとわかっていて、祭りのあとの大量の残飯を狙い、朝っぱらから待機しているのでしょう。その忍耐には感心するが、間抜けな奴らだと思いながら、電線の下をくぐり抜けたのです。そのときピシャッと音がしたような気がします。しかしわたしは遅刻しそうだったので、猛スピードでペダルを漕いで学校に向かったのです。あのピシャッが、糞だったのでしょう。

学ランの糞を眺め、まわりが笑ったり、馬鹿にしたりして騒がしく、教育指導の先生がやってきて、元凶をわたしとみなし、頭をはたかれました。

被害者のうえに、怒られて、頭に血が上ったわたしは「痛《いて》えなこの野郎！」と怒鳴ってしまいました。先生はもう一度頭をはたこうとしてきたので、わたしは抵抗し、「なにすんだこの野郎」と糞のついた学ランを振りまわしました。するとボタンの部分が先生のコメカミに当ってしまい、怒った先生に首根っこをつかまれて職員室に連れていかれ、先生に暴力を振るうとはけしからんということで、一週間の停学処分となりました。以降、わたしは「ハトのクソ」→「ハトクソ」→「ハクソ」→「ハク」、最終的に「ハック」というあだ名になって、高校を卒業するまで、そのように呼ばれ続けるのです。たまに女学生と知り合う機会があったのですが、わたしが友達から「ハック」と呼ばれるたびに、あだ名の由来を訊かれて、「ハトのクソ」の話になり大変屈辱的でありました。というわけで高校生活は、あまり面白いものではありませんでした。

次は大学二年です。わたしは、アルバイトをして金がたまると、ふらふら旅してまわる、ありきたりの学生でした。そして好きな娘ができました。恋です。彼女は同じ大学に通っていて、英語の授業が一緒でした。

けれども、やっかいなことに彼女は演劇好きだったのです。わたしは、そのようなものにはまったく興味がなくて、彼女が熱く演劇の話をしていても、何ひとつわかりませんでしたし、ついていけませんでした。演劇の話をしてないときは、おっとりしたかわいい娘さんだったので、そこが残念なところでした。

わたしが、辛抱強く彼女の演劇話を聞いていたら、今度一緒に行こうよということになりました。わたしも興味があると勘違いしたのでしょう。彼女のお気に入りの劇団は、アングラじみた集団で、その公演に行くことになったのです。劇場はアパートを改築した、木造の建物で、芝居が始まる前から嫌な予感がしていました。

会場には、これでもかというくらい客が詰め込まれ、身動きすら取れなくなりました。舞台上は鉄パイプが張り巡らされ、ゴミ溜めみたいに色んなものが散らばっています。開演すると、やたら熱い感じの男女が出てきて、汗を飛び散らせながら、セリフを叫んでいました。ほとんど何を言っているのかわかりませんでした。

隣りを見ると彼女は目を輝かせているのですが、わたしはどうにも楽しめません。結局、内容もよくわからず、放心して鑑賞していますと、ダンボール箱を背負いアイパッチをした男が出てきて、「この邪悪な世界に平和を、ザッツピースフル！　わたしから君たちに平和を放とう」とかなんとか言って、ダンボール箱を開けました。すると中から鳩が出てきたのです。たぶん公園かどこかで無理矢理捕まえてきたのでしょう。鳩は突然、ダンボールの中から出されて、驚いている様子でした。演出上ではここで鳩が飛び立つのでしょうが、なかなか飛び立ちません。アイパッチの男が「平和よ飛べ、飛ぶんだ。ここにいる方々に平和をまき散らすのだ」と焦った様子で鳩を叩き、無理矢理飛ばしたのです。しかし会場は狭くて暗いのです。鳩は上手に飛ぶことができず、照明や壁に何度もぶつかり、あげく、わたしの顔面をめがけて飛び込んできました。「キャー！」とわたしは女性のような甲高い悲鳴をあげていました。その声は、汗を飛び散らせ、大声を張り上げていた役者よりも大きくハリのあるもので、客席全体が、わたしの悲鳴を聞いて一瞬、静まり返ったほどです。そのあと、大きな笑いが起きました。わたしは恥ずかしくてどうしたらいいかわからず、隣りの彼女は迷惑な顔をしていました。

その日以降、彼女と疎遠になって、授業で会っても会話すら交わさなくなってしまいました。彼女は大学を中退し、わたしと観に行った劇団に入り、女優になったそうです。チケットノルマがキツイのか、わたしにも公演案内のダイレクトメールが届いたりしましたが、観に行くことはありませんでした。現在、彼女がどうしているのか知りません。

次はサラリーマン時代です。これは実害を被ったというか、気味の悪い思いをした出来事です。わたしは食品の輸入会社で働いていました。社員は十五人ほどの小さな会社で、主にヨーロッパ方面から缶詰を輸入していたのです。仕事帰りはたいてい上司と飲みに行き、奢ってもらっていました。先輩面する上司ではありませんでしたが、とにかく酒を飲むのです。ヨーロッパ相手の会社なので、ワインのあるような店に行くと思われるかもしれませんが、店は決まって居酒屋で、安い日本酒ばかり飲んでいたのです。

その日も、上司と酒を飲んで帰宅中でした。すでに酩酊していて、吐きそうでした。電車の中では、ウップウップと何度も吐き気をこらえていたのです。ようやく駅に着いてアパートに向かって歩いている途中で、とうとう我慢できなくなって道端に吐いてしまいました。焼き鳥、ほうれん草、モツ煮込み、豆腐、胡瓜など、さっき食べたものが、とても汚らしい色合いになって、アスファルトの上にひろがりました。

翌朝、わたしは二日酔いのまま家を出て、会社に向かいました。すると駅に向かう道端で鳩がたむろしていたのです。そこは見覚えがありました。昨晩わたしが吐いた場所でした。

鳩は、わたしの吐瀉物を黙々とついばんでいるではありませんか。そんなもんまで食べてしまうのかと、戦慄が走りました。二日酔いから一気に素面《しらふ》に戻りました。駅で電車を待っているとき、さっきの光景を思い出し、ふたたび気持ち悪くなりました。しかし考えてみれば、鳩が食べていた吐瀉物は元を正せば、わたしが上司に奢ってもらった食べ物なのです。他人のものを見境もなく漁る。なんだか自分も鳩と同じに思えてきて、便所に駆け込みました。

わたしは先月、五年間働いた会社を辞めました。これからは個人で輸入業を営もうと思っているのです。格好良く言えば独立です。働いていた会社の伝手《つて》もあり、食品関係で主にハチミツをロシアから輸入するのです。当分は収入がないので、夏の終わりに引っ越しをしました。そこは叔父の所有するビルの屋上に建て増ししたプレハブ小屋です。屋根や外壁はトタンで、風呂はないのですが、外に簡易シャワーがあります。部屋の広さは、一五畳くらいあり、それまで住んでいたアパートの家財道具を運び込んでも、スペースが余るほどでした。この小屋を事務所として借りたのですが、当分はここで寝泊まりをすることになります。家賃は、身内ということもあって、三万円と破格の値段です。そもそも、ここは倉庫として使われていたから、住むには不便でありますが、仕方ありません。

新宿から二〇分くらいの私鉄沿線の町で、商店街の真ん中にビルは建っています。五階建てのこのビルは、古いため、エレベーターがありません。五階プラス一階を階段で昇るのは、少し難儀です。しかし眺めは良く、向こうには新宿の高層ビル群が見え、振り返れば、天気のいい日には富士山が見えます。値段から考えれば好条件ですし、ここから個人事業を大きくしていこうと、ハングリー精神を養うのにふさわしい場所でした。

しかし暮らしはじめてわかったのですが、この屋上には大問題がありました。それが鳩だったのです。これまで人があまりやってこなかった屋上は、鳩の休憩場所のようになっていたのです。やたらと飛んできては、屋上の縁や、小屋の隙間に入って休んでいきます。

はじめて小屋に泊まった日の明け方、寝ている壁の向こうで変な音がします。紙袋に溜まった空気を吹き出すような、野太くて不快な音でした。「ボボスボボボッ」「ボボスボーボボボ」。鳩だとすぐに気づきました。それも二羽、朝っぱらから交尾をしているようです。わたしが壁を思いっきり叩くと声は止み、もう一度叩くと、バサバサと飛んでいきました。しょっぱなから嫌な予感がしました。

目が覚めてしまったので、寝床から起き上がりました。小屋には洗面所がないので、台所で歯を磨き、パンを焼いて、インスタントコーヒーを飲み、オレンジを食べ、さっそく仕事に取りかかりました。

昼間、机に向かって書類を作っていると、バサバサバサッと聞こえ、小屋の周辺を「ポッポポ」「ボボスボーボー」と鳴きながら、うろついています。

台所のところには、大きな窓があって、開けると、ビルの下にある商店街をのぞけるのですが、小屋と屋上の縁の間には、三〇センチくらいの凹みがあり、縁はトタンの板で補強されています。鳩は、この凹みと縁がお気に入りらしく、そこに、やたら来るということがわかりました。トタンで補強された縁を動き回る鳩の足音はとても耳障りです。爪とトタンのこすれる音は背筋をゾクゾクさせるのです。

二日目以降、わたしは、仕事をしながら、鳩がやってきたのがわかると、台所の窓から水をぶっかけたり、観葉植物の鉢にある小石を投げたりして、追っ払っていたのです。一度、食べていた煎餅を投げたら、鳩が喜んでついばみはじめたので、それはやめました。しかし鳩という愚かな生き物は、学習が足りないのでしょう、しばらくするとまたやってくるのです。酷いときは、一〇羽くらいやってきて、屋上の縁で、まどろんでいるのです。

引っ越してきてから一週間、毎朝、鳩の鳴き声で起こされ、昼間はまどろみに来る鳩を追っ払っていたので、なかなか仕事がはかどりません。このままでは、起業だ独立だと、ほざいている前に、鳩との戦いが永遠に続きそうな気がしてきたのです。

そこで対策を考え、近所の日曜大工センターで、釣り糸とプラスチック製のカラスのダミーを四体買ってきました。これを組み立てると、カラスの形になるのです。それというらなくなったパソコン用のCD-R、聴かなくなったCDも使うことにしました。CDがカラスよけに使われているのを見たことがあります。あれは反射する光が嫌いらしいのですが、鳩にも効くかもしれません。

カラスのダミーは小屋の庇《ひさし》と屋上の縁にそれぞれ二体ずつぶら下げました。また、CD-RとCDは合わせて一二枚、真ん中の穴に釣り糸を通してぶら下げたのです。

しかしこれは大失敗でした。まったく効果がありませんでした。鳩はカラスのダミーやCD-R、CDに驚く気配はなく、いつものようにやってきて、朝の交尾をして、昼は休息にやってくるのです。さらにぶら下げた鳩よけ自体が問題でした。ここは屋上で、風の通りがいいのです。吹きっさらしなので、風が吹くと、釣り糸でぶら下げたカラスのダミーやCD-RやCDが、「バッチン、コッチン」と小屋の壁やビルに当たってうるさいのです。夜、寝ているとき、夢の中まで、この音が侵入してきました。わたしは、地獄の鍛冶屋で働かされ、真っ赤に燃える鉄の棒を、永遠に叩かされていました。

ぶら下げたダミーのカラスとCD-RとCDは撤収することにしました。わたしは焦ってきました。余計なことばかりやっていて、あいかわらず仕事は進みません。

撤収作業を終え、自分を落ち着かせるため、夕方、屋上に椅子を出し、缶ビールを飲みました。どこかで花火の音が聞こえてきました。立ち上がって音の聞こえる方を探すと、多摩川の方の空に、打ち上げ花火が小さく見えました。

良いアイデアが浮かびました。この場所で、一時間おきにロケット花火を打ちあげれば、鳩は来なくなるかもしれません。畑を荒らす猿を追い払うときにロケット花火を使っているのをテレビのニュースで見たことがあります。

唐突ですが、戦場に鳩はいるのでしょうか。内戦などで瓦礫と化したビルの映像を見ることがありますが、あのような場所に鳩は飛んでくるのでしょうか。飛んで来ないような気がします。毎日、爆弾や銃器の音が響いている場所です。しかし、すべてが鳴り止んだとき、鳩は戻ってくるのかもしれません。そして平和の象徴となる。もちろん鳩がいないからといって、戦場で生活するのはご勘弁願いたいのですが、いまのところわたしは、プレハブ小屋の平和を勝ち取るために鳩と戦わなくてはならないのです。

しかしこの商店街の屋上で、ロケット花火を打ちあげるのは無理です。飛んでいったロケットが買い物客の頭とかに落ちたら、事《こと》です。そこで考えたのが、このまえ日曜大工センターで買ってきた釣り糸を、小屋のまわりに張り巡らすというものでした。そうすれば釣り糸が邪魔で鳩は屋上の縁にとまることはできなくなるはずです。

翌日、作戦決行です。朝は、いつものように鳩の鳴き声で起こされました。壁を叩いて鳩を追い払い、時計を見ると六時でした。顔を洗って、歯を磨き、インスタントコーヒーを飲んでから、釣り糸を手に持ち、小屋の外に出て、まわりに張り巡らしていきました。

釣り糸は、小屋の縁に引っ掛けたり、柵に引っ掛けたりしながら、何度もぐるぐる張り巡らします。気づいたら、小屋の入口も張り巡らせていて、自分が中に入ることができなくなっていました。間抜けでした。その部分の釣り糸は切って柵に縛ったり、石に引っ掛けたり、植木に引っかけたりして、一時間くらいかけてなんとか完了しました。

汗まみれになったので、シャワーを浴び、ひと仕事終えた達成感と、自分へのご褒美で、近所の喫茶店までモーニングを食べに行った次第です。

新聞を読みながら、ネルドリップで淹れられたコーヒーを飲んで、バターたっぷりの厚切りトーストとゆで卵を、ゆっくりと食べ、喫茶店を出ました。

階段を上がり、ビルの屋上に戻って、縁をのぞきました。鳩はいません。釣り糸作戦が効いているのでしょう。ようやく落ち着いて仕事に集中できそうです。

机に向かっていると、たまに鳩がバサバサやってくる音が聞こえますが、釣り糸に驚き、飛び去っていくのがわかります。おかげで、トタン板と鳩の足の爪がこすれるあの嫌な音を聞かなくてすむようになりました。

溜まっていた書類を片付けていきました。ハチミツを輸入するため、書類に必要事項を書き込んでいきます。

かつてロシアの養蜂は、原発事故のあったチェルノブイリ周辺が盛んでした。しかし爆発事故があって、ハチミツは放射能の影響で大打撃を受けてしまい、養蜂家が仕事を失ったそうです。

わたしは学生の頃、ロシアを旅したことがあって、そのときシベリア鉄道でラヒモフさんというおじさんと知り合いました。コンパートメントが一緒だったわたしたちは、ウォッカを飲み続け、意気投合し、家に遊びに来いとラヒモフさんは誘ってくれました。彼の家はベラルーシとの国境近くにありました。

なにもないつまらない町でしたが、わたしは三日間、ラヒモフさんの家に泊まらせてもらい、とても親切にしてもらったのです。ラヒモフさんは以前、チェルノブイリ周辺に住んでいた養蜂家でした。

数年前、ラヒモフさんから便りが届き、養蜂を再開できそうだと連絡がありました。そのころわたしは就職しており、いつの日か、ラヒモフさんのハチミツを日本に輸入したいと心に決めていたのです。

そして現在、わたしは昼飯を食べるのも忘れ、ラヒモフさんのハチミツを輸入するため、書類と格闘しているのです。屋上の縁で、「バサッバッサッ」と音がしています。なんだか普段よりも鈍い音です。いつもの鳩が意地になって縁にとまろうとしているのかもしれません。でも無理です。釣り糸があります。そのうち音はやむでしょう。書類に集中です。

それから一時間くらい書類作りをしていました。「バッサバッサ」の音はときおり聞こえてきましたが、うっちゃっておきました。一区切り着いたところで、わたしは机を離れ、台所で顔を洗い、水を飲みました。すると、また「バッサバッサ」と聞こえてきました。しつこい鳩です。水でもひっかけてやろうかと思い、窓をあけて外をのぞきました。

愕然としました。一羽の鳩が、釣り糸に絡まっているではありませんか。先程から聞こえていたのは、鳩が縁にやってきた音ではなく、脱出しようとして「バッサバッサ」ともがいている音だったのです。

鳩は長いこと脱出を試みていたらしく、釣り糸はえらい具合に絡まっています。これでは自力で脱出するのは不可能でしょう。しかし、このまま絡まって死んでいく鳩を放っておくほど、わたしは残忍ではありません。大嫌いな鳩でも、目の前で、生き物が死んでいくのは、良い気がしません。いくばくかの慈悲の心が、わたしにもまだあるのです。

しかし鳩です。わたしは、近づくのは嫌だし、触るのなんてもってのほかなのです。途方に暮れました。どうしようもない気分になりました。触らずに救出する方法はないかと考え、帚《ほうき》を用意して、柄《え》の方の先っぽに包丁をガムテープで巻き付け、槍みたいな道具を作りました。これで釣り糸を切るのです。

わたしは台所のシンクに乗っかり、包丁を巻き付けた帚を手にして、窓から身を乗り出しました。真下は商店街です。五階建てのビルの屋上から身を乗り出すと、さすがに怖いものです。でも鳩をなんとかしなくてはならないのです。でも、釣り糸は帚の先の包丁ではなかなか切れません。縁まで出て、はさみで切ることも考えましたが、鳩に近づくのはご勘弁願いたいのです。

仕方なく包丁の刃を手前に向けて、釣り糸をこすりながら引っぱり上げます。鳩の重みを感じました。鳩は暴れます。さらに釣り糸が絡まっていきます。わたしは包丁の刃を思いっきり手前に引っぱってみました。

見事に釣り糸は切れました。鳩は屋上の縁から消えて、下方に落下していきました。しかし縁に縛り付けてある釣り糸がピシッと張っています。「ん？」ふたたび窓から身を乗り出し、下の商店街をのぞきますと、鳩はまだ糸に引っ掛かっているではありませんか。さらに釣り糸は、屋上から真下に向かって一直線、ビルの三階あたりまで伸び、先っぽに鳩がぶら下がっているのです。そんな状態でも、鳩は飛んでいこうとして、途中で糸がピンッと張り、振り子のように戻され、ビルの壁にバシンと当たりました。そして余計に糸が絡まり、身動きが取れなくなっています。

わたしはさらに酷い惨事を招いてしまったのです。こうなったら、釣り糸を切ってしまおうかとも考えました。そうすれば鳩は商店街の地面に落下していくでしょう。このビルの一階には肉屋が入っています。その店先に鳩が落下したら、お客さんも店の人も、パニックに陥るでしょう。商店街は夕方前の買い物どきで、混み合っています。この肉屋のコロッケは大変人気があり、四、五人が並んで待っているのが上から見えました。そこに鳩の落下です。これはいけません。

こうなったら、いったん鳩を屋上まで引き上げて、救出するしかありません。しかし台所の窓から身を乗り出しましたが、釣り糸に手が届きません。わたしは小屋から表に出て、金網を乗り越え、屋上の縁まで出ていきました。引き上げたら、絡まっている糸を切らなくてはならないので、包丁を巻き付けた帚も手にしていました。

縁に足をかけ、慎重に釣り糸を引き上げていきました。指に伝わる鳩の重量感がなんとも生々しく感じられます。鳩はたまに暴れますが、弱ってきてもいるらしく、先程までの元気はありません。「だいじょうぶだ。あきらめるな、生きろ」わたしは心の中で鳩に呼びかけていました。

するとどうでしょう。下の商店街では、そんなわたしの姿を目にとめた、野次馬がいるではないですか。さらに仲間の鳩が十数羽、引き上げられている鳩を心配して、わたしの頭上で激しく旋回しています。これがカラスだったら、墓を掘り返す悪人の出てくるホラー映画です。しかし、実際のところ、わたしはそれと大して変わりありませんでした。

野次馬は口を開け、屋上の狂人のように、わたしを見上げています。わたしは狂人でもなければ、鳩を虐待し、捕えて食べようとしているわけでもありません。きっかけを作ったのはわたしですが、鳩を助けようとしているだけなのです。

野次馬の中には、おびえた顔をしていたり、こっちを指さしている人もいます。子供に見るなと目を隠している母親もいます。引き上げている途中、鳩が暴れて、ビルの壁に当たり、鈍い音が商店街に響きます。頭上では仲間の鳩が、バサバサ飛んでいます。その数は増えているようです。この仲間たちが演出効果になって、さらに恐ろしい雰囲気を醸し出しているのでしょう。

わたしは群衆に向かって、自分は狂人ではないことをアピールするため、「鳩、だいじょうぶですかね！」と叫びました。しかし、すぐに逆効果だと気づきました。鳩を虐待しているとしか見えない男が、「鳩、だいじょうぶですかね！」と叫んでいるのです。これでは虐待を楽しんでいるみたいです。さらに、その男は、包丁を柄に巻き付けた帚を持っているのです。わたし自身、もし下から見ていたら、不気味で恐ろしくて硬直していたでしょう。

『本日、買い物客で賑わう夕方の商店街で、ビルの屋上から、包丁を巻き付けた帚を手にした男が、なにやら叫びながら、釣り糸に絡まっている鳩をたぐりよせていました』

どこかの馬鹿が携帯電話で動画を撮っていなければいいが、それを動画サイトにアップロードして、話題にならなければいいが。それを、テレビのニュースが取りあげて、全国で有名になってしまう。そんな不安も頭をよぎりましたが、すでにこんな姿です。言い訳しようがありません。

でもいまは、言い訳を考えたり、心配している場合ではありません。たぐりよせ、たぐりよせ、たぐりよせなくてはならないのです。釣り糸が指に食い込み、鳩の生々しい重みを感じながら、わたしは無心になろうと心がけました。

ようやく鳩をたぐりよせると、釣り糸は思っていたよりも複雑に絡まっていました。小屋と屋上の縁の間にある凹みに転がる鳩は、すでにあきらめているのか、動こうとしません。

本来は触ることさえ嫌なのですが、絡まり地獄から救出するため、鳩を片手で押さえて、包丁で釣り糸を切っていきました。一歩間違えれば、鳩を解体することになってしまうので、慎重に行い、釣り糸の絡まり地獄から解放していきました。

鳩はゆっくりと起き上がりました。弱った鳩を元気づけるため、何か食べさせてやるものはないかと考えていたら、ズボンのポケットにフリスクがあったことを思い出しました。ポケットからケースを取り出して、粒を手のひらに移し、全部バラまきました。しかし鳩は見向きもしないで、ゆっくり歩き出しました。身体が弱っているのか、絡まり地獄のショックから抜け出せていないのか、まだ飛べないみたいです。

鳩は背を向けて歩いています。わたしは、「ごめんね。元気になってね」と声をかけていました。しかし鳩は、「いい加減にしてくれよ」といった感じで、一度、こっちを振り向き、隣のビルとわたしの住んでいる小屋の隙間に消えていったのでした。

商店街を見下ろすと、野次馬がまだこっちを見ていました。なんだか腹が立ってきて、わたしは下に向かって、「見世物じゃねえぞ、こら！」と怒鳴っていました。これで、屋上の狂人確定です。それにしても、いままで憎んできた鳩に、「ごめんね。元気になってね」と言葉をかけた自分が不思議でした。でも、それは本心だったのです。回復して、また空を飛んで欲しいと切に願っていました。

翌日、もしかしたら鳩は隣のビルと小屋の隙間で、息絶えているかもしれない、そのときは、どこかに埋めてやらなくてはと、恐る恐る隙間をのぞきましたが、ネズミの糞が転がっているだけでした。そして凹みにはフリスクの粒が白い点になって散らばっていました。冷静に考えれば、鳩はフリスクなんて食べないのでしょう。わたしは鳩を触って動揺していたのかもしれません。

先日、ビルの持ち主である叔父がやってきたのでわたしは鳩との顚末を話しました。ちなみに叔父はわたしと違って鳥が好きで、野鳥の会に入っています。

叔父が言うには、鳩というのは自分で巣を作るのが下手で鵲《かささぎ》の巣に卵を産むらしいのです。現在は鵲が少なくなったので、町中ではそのようなことは、行われてないとのことですが、それを喩えて『鳩居鵲巣《きゅうきょじゃくそう》』という言葉があり、仮住まいという意味と、他人の地位や財産を横取りするという意味があるらしいのです。「まったくお前さんと鳩は、どっちが鳩居鵲巣だかわからんね」と叔父は言います。わたしは屋上で仮住まいの『鳩居鵲巣』なのでしょう。

絡まり地獄の顚末があったので、わたしは屋上に張り巡らした釣り糸を外しました。また同じ様な事が起きるのは嫌だったのです。けれども、以来、鳩は屋上にやって来なくなりました。わたしの頭上で旋回していた仲間の鳩もいたことだから、ここには狂人がいて、自分たちに危害を加えると、知れ渡ったのでしょう。

一部始終を目撃していた野次馬は、商店街を通るたび、このビルの屋上を見上げて、あそこには狂人がいると思うことでしょう。

その狂人は、まさしくわたしなのです。あの光景を目にした野次馬に、いくら説明したところで、屋上の狂人のレッテルは剝がせません。貼付けたまま生きていくしかないのです。

そんなわたしは、来月、ハチミツを一トン、輸入することができそうです。

初出

すっぽん心中　「新潮」２０１３年１月号

植木鉢　『短篇集』（柴田元幸編、ヴィレッジブックス刊）

鳩居野郎　書下ろし

装幀　池田進吾（67）

すっぽん心中《しんじゅう》

発行　二〇一三年　八　月三十日
二刷　二〇一四年　四　月二十五日

著者　戌井昭人《いぬいあきと》
発行者　佐藤隆信
発行所　株式会社新潮社
〒一六二―八七一一　東京都新宿区矢来町七一
電話　（編集部）〇三―三二六六―五四一一　（読者係）〇三―三二六六―五一一一
http://www.shinchosha.co.jp

印刷所　大日本印刷株式会社
製本所　加藤製本株式会社

乱丁・落丁本は、ご面倒ですが小社読者係宛お送り下さい。
送料小社負担にてお取替えいたします。
価格はカバーに表示してあります。

 ISBN978-4-10-317823-1 C0093

ひっ 戌井昭人

「テキトーに生きろ」。破天荒な伯父の言葉通りに生きていたら、人生どんづまりに。脳味噌が邪魔だった。自由と奔放、自堕落をとことん描く、面白すぎる純文学の誕生。

ばかもの 絲山秋子

かつての無邪気な恋人たちは、気づけばそれぞれに、取り返しのつかない喪失の中にいた。絶望の果てに響く、愛しい愚か者たちの声を鮮烈に描き出す、待望の恋愛長篇。

きことわ 朝吹真理子

永遠子は夢をみる。貴子は夢をみない。――葉山の高台にある別荘の解体を前にして、幼い日の甘やかな時間が甦る。彗星のごとく現れた大型新人！〈芥川賞受賞〉

ある一日 いしいしんじ

こんどこそ、この世に生まれてきてほしい――。赤ん坊の誕生という紛れもない奇跡。四十代の夫婦の人生最大の一日を克明に描きだす、胸をゆすぶられる「出産」小説。

雑司ヶ谷R.I.P. 樋口毅宏

巨大教団を築いた雑司ヶ谷の妖怪が死んだ。新教祖就任の進む「現在」と、受難の「過去」が交錯する。『ゴッドファーザーpartⅡ』を超えた小説、ついに降臨。

ゴランノスポン 町田康

最高ってなんて最高なんだろう。僕らはいつも最高だ――。私たちの中にある「ハッピー」と「魔力」とは何か。蔵出し短篇から最新作まで、現在を炙り出す七篇の小説集。